Juliana Rabelo

Des
car
re
go

Juliana Rabelo

Des
car
re
go

INSÍGNIA

EDITOR: Felipe Colbert

REVISÃO: Eliana Moura Mattos e Felipe Colbert

DESIGN & PRODUÇÃO: Equipe Insígnia

IMAGEM DA CAPA: iStock / Getty Images

IMAGEM DOS CAPÍTULOS 1, 6, 13, 17, 23 E 28: Pexels / Monstera

Publicado por Insígnia Editorial
www.insigniaeditorial.com.br
Instagram: @insigniaeditorial
Facebook: facebook.com/insigniaeditorial
E-mail: contato@insigniaeditorial.com.br

Impresso no Brasil.

Dados Internacionais de Catalogação na Publicação (CIP)
(Câmara Brasileira do Livro, SP, Brasil)

Rabelo, Juliana
Descarrego / Juliana Rabelo. -- São Paulo : Insignia Editorial, 2022.

ISBN 978-65-996157-7-1

1. Literatura juvenil I. Título.

22-98832 CDD-028.5

Índices para catálogo sistemático:

1. Literatura juvenil 028.5

Aline Grazieie Benitez - Bibliotecária - CRB-1/3129

Para Nala,
que me ensinou a ver o invisível.

e

Para José Henrique, Luís Cláudio e Manoela,
que me abriram as portas por onde eu precisei passar.

"A esperança tem duas filhas lindas, a indignação e a coragem; a indignação nos ensina a não aceitar as coisas como estão; a coragem, a mudá-las."

Santo Agostinho

Descarrego

Ritual empregando banhos de ervas, orações e outros, para livrar uma pessoa de espíritos ou entidades sobrenaturais maléficas, bem como de energias deletérias.

Fonte: Wikipédia

PREFÁCIO

As muitas faces de Juliana Rabelo

Engenheira, gestora concursada no Ministério do Planejamento, assessora ministerial, pintora, blogueira e escritora, Juliana Rabelo, a autora deste livro, tem múltiplas faces e exerce todas com competência e doçura – qualidade que, depois de enfrentar um problema de saúde, em 2016, emergiu do seu lado feminino e que ela se empenha em vivenciar e adubar. Múltipla, ela utiliza suas ferramentas de acordo com as necessidades de suas diferentes personas. A Juliana pintora traça com pinceladas suaves e muita cor suas mulheres, fadas e magas. Todas têm olhos e bocas grandes, cílios longos e são rodeadas de pingos dourados que as iluminam e dão realeza.

Já a escritora Juliana pinta com dureza e tons plúmbeos a vida da maioria dos brasileiros deste século XXI. E é disso que trata este livro. Descarrego aborda a invisibilidade de grande parte da população brasileira, aquela "cujos pais são analfabetos — totais ou funcionais. Que mora numa casa onde pelo menos metade da parede está no reboco. Que todo mês se despede de um amigo vítima de bala perdida. Que sempre perdeu pelo menos um membro da família para o tráfico e outro para a cadeia. Que frequentemente passa fome, pois precisa vender o almoço para comprar a janta. Que se aperta no ônibus ou no metrô quase duas horas por dia para chegar ao trabalho que paga um salário-mínimo por mês. Isso se você for do time que tem alguma sorte."

Mas também indica o único caminho a ser trilhado por esses brasileiros para se libertar da invisibilidade: a educação. E a indicação desse trajeto a ser (per)seguido é clara: "Eu vou pensar. E, com isso, eu vou escrever. E, ao escrever, eu terei voz. E, ao ter voz, não serei mais invisível. E quando eu me tornar visível, quantos de nós conseguirei trazer comigo?"

Descarrego, portanto, é uma ode à educação, já que é ela a força que pode modificar estruturalmente a sociedade brasileira, tornando visíveis os milhões de invisíveis que vivem à nossa volta. E à educação como um ato político, que liberta os indivíduos por meio da "consciência crítica, transformadora e diferencial, que emerge da educação como uma prática de liberdade", como bem diz Paulo Freire em seu Pedagogia do Oprimido.

José Henrique Paim Fernandes
Economista, professor e ex-ministro da Educação

PRÓLOGO

Expansão.

Uma inspiração profunda.

Pronto.

Nasci.

Alguma dor conforme o ar rasga pela primeira vez os meus pulmões. *Rasgar* não é o verbo adequado, até porque ele entra para me abençoar com a vida, mas a primeira vez dói. Então, rasga mesmo.

Grito! Em alto e bom som, como todos nós fazemos em nosso primeiro momento de afirmação como seres humanos. Grito para deixar claro que tenho voz. E que não estou nem um pouco satisfeita de ter saído da minha lagoa escura e tranquila onde só conhecia o barulho das batidas do coração de minha mãe.

As enfermeiras me reviram de cima para baixo, um mal necessário, e eu grito com mais força. Parece não ter fim essa tortura... Finalmente sou enrolada em um cueiro de algodão e entregue a ela. Agora, sim! Eu reconheço esse coração. Ela me abraça com força e depois cochila exausta comigo no colo. Eu seguro com carinho o seu dedo mindinho, sentindo o cheiro do colostro que começa a sair dos seus peitos. Nesse momento, não preciso de mais nada.

Calma, calma, calma.

Preciso, sim.

Eu preciso de um nome.

Eu preciso de algo que garanta que sou quem sou, que a minha mãe é minha, que o meu pai é meu.

Por isso meu pai precisa providenciar o meu registro civil, antes mesmo de eu sair do hospital. Ele sai e volta com a enfermeira, depois de um tempo, mostrando orgulhoso à mamãe o meu primeiro documento.

Janaína da Silva Brasil. 13 de março de 1998. Cidadã brasileira.

Minhas primeiras posses. As únicas que ainda serão minhas até eu morrer. Tudo num pedaço pequeno de papel. Bonito.

Mas tem um detalhe relevante que esse papel só conta se você prestar bastante atenção. Eu nasci numa sexta-feira. Sexta-feira 13. Então, tenho mais um pertence que me foi dado no meu nascimento.

Um pertence que ninguém quer.

Um encosto de mau agouro.

1.

OLÁ, MINHA BELA,

ATÉ QUE ENFIM!
PARABÉNS PELOS SEUS DEZESSETE ANOS.
VOCÊ NÃO IMAGINA COMO ESTOU SATISFEITO.
EU JÁ ESTAVA FICANDO CANSADO DE TE ESPERAR.
FINALMENTE VOCÊ CRESCEU!
AGORA COMEÇA A NOSSA MELHOR FASE.
CRIANÇAS NÃO ME INTERESSAM MUITO.
ELAS TÊM UMA DOSE DE OTIMISMO E ESPERANÇA QUE ME CANSA.
ESQUECEM RAPIDAMENTE O QUE ACONTECE DE RUIM.
E VAMOS SER SINCEROS: EU GOSTO DE QUE SE LEMBREM.
A LEMBRANÇA PERPETUA O SOFRIMENTO.
MAS ISSO NÃO SIGNIFICA QUE TE DEIXEI CRESCER EM PAZ...
VOCÊ ME OUVIU, QUE EU SEI.
SE LEMBRA?
SOPREI BAIXINHO MUITAS VEZES NO SEU OUVIDO.
E VOCÊ FICAVA QUIETINHA ESCUTANDO.
O CORAÇÃO BATENDO ACELERADO.
O CORPO MAGRO TREMENDO DE LEVE.
VOCÊ ESTÁ PRESA E CONDENADA.
COMO TODOS OS DEMAIS.
ESTA É A SUA SINA.
ESTA É A SUA DOR.
NÃO ADIANTA TENTAR, NÃO ADIANTA SONHAR.
PARE DE DESPERDIÇAR ENERGIA.
NÃO TEM NADA PARA VOCÊ EM OUTRO LUGAR.
EU DECIDI O SEU DESTINO.
SOZINHO.
VOCÊ JÁ NASCEU PRESA A ELE.
LIMITADA.

VIGIADA.
MARCADA COMO GADO.
PALAVRAS. FOI ASSIM QUE DOMINEI VOCÊ.
SÓ QUE NÃO SEREI MAIS TÃO BONZINHO.
A PARTIR DE AGORA, VOU ME DIVERTIR.
POR ISSO, PRIMEIRO QUERO TE DEIXAR ACHAR QUE PODE...
MAS A VERDADE É QUE NÃO HÁ COMO VOCÊ ESCAPAR DE MIM.
VOCÊ JÁ ME PERTENCE.
ENTENDEU?
A GENTE SE VÊ DAQUI A POUCO.

SEMPRE SEU.

2.

A família toda está reunida aqui no barraco. Eu, Benedita, Maria e Antônio José. Minha mãe e meu pai. Um refrigerante Guaraná Jesus de dois litros e um bolo de brigadeiro. Hoje eu faço dezessete anos. Na minha modesta opinião: E daí? Não é grande coisa. Só um dia ordinário numa vida ordinária. Meu pai fez questão da festa, ainda que eu ache que não temos muito o que comemorar.

— Temos sim, Janaína. Temos que comemorar a vida. Estais morta? Não! Então, se comemora e pronto.

Otimista. Isso é o meu pai e o seu jeito de ver as coisas. Eu entendo o ponto de vista dele. Só que, quanto mais cresço, mais discordamos... Ando meio desenganada com a vida mesmo.

— Eu falo que essa menina está se tornando uma ingrata... Ninguém aguenta mais os teus hormônios, Janaína! Todo mundo sabe que a nossa vida tá difícil, tá ruim... Mas daqui a pouco, quem sabe melhora?

Que meu pai seja otimista eu até entendo, porque ele é um ignorante. Ele ignora a verdade sobre mim. Agora, a minha mãe, não. Ela sabe de tudo. Então não tem como tentar me consolar dizendo que vai melhorar. Falar assim é quase um desaforo. Deve ser outra forma que ela escolheu de me provocar, isso sim. Desde que me lembro por gente, minha mãe faz questão de não me deixar esquecer da existência *dele*. Só ela reparou nesse detalhe do meu nascimento. E, sempre que pode, faz questão de jogar na minha cara todo o poder funesto que *ele* tem sobre mim. Agora ela vem falar em melhorar? Me poupe.

Não.

Não vai melhorar.

Vamos ser sinceros. Eu nasci marcada para andar sempre ladeira abaixo. Essa é a real.

Eu sei que na minha idade eu deveria ser diferente. Alegre e vibrante. Cheia de planos para o futuro! Bem... eu tenho planos. Planos de botar fogo nessa merda toda. Radical? Pode ser, mas fazer o quê? A culpa não é minha. Foi a vida que *ele* me deu que me fez assim.

Olho para a nossa casa e chego à conclusão de que não perderíamos muito em um incêndio devastador. São três cômodos no barraco. A cozinha, um banheiro e a sala-quarto onde tudo acontece. Dormimos em quatro colchões no chão, todos embolados. Tem um sofá verde de dois lugares no canto, mas ninguém quer dormir nele, não, pois as molas espetam o corpo. O dia nasce, recolhemos os colchões, colocamos tudo empilhado atrás do sofá e recomeçamos a luta. Comemos sentados no chão. A mesa é um baú de metal velho e azul que um patrão da minha mãe trouxe da África. É ótimo. Função dupla. Serve de mesa e guarda nossos travesseiros e lençóis quando o dia começa.

Resumo: colchões empilhados, um baú enferrujado azul, um sofá verde espetudo, uma televisão de tubo apoiada em um caixote de feira e as roupas dentro da caixa de papelão da TV. Dava um desenho bonito do tal de Van Gogh, aquele que a professora contou que era tão doido, que cortou a própria orelha. Sem problemas. Doido... mas pintava bonito. Olha só: "A sala". Fica a dica, se houver algum pintor com falta de inspiração.

A casa é na alvenaria, que a coisa não está tão ruim assim. Está me ouvindo, seu traste? Nada de tábuas pobres e papelão molhado como já foi... Agora temos tijolos baianos. Mas a parede está só no reboco, é claro. Não dá para ganhar todas na vida.

Temos uma única decoração: uma imagem de Nossa Senhora com o coração na mão e o rosto triste. Meus pais não são católicos, nem evangélicos. Não sei nem se eles acreditam em Deus... Mas a Compadecida é diferente, né? Todo mundo sabe que ela é a mãe de todos. No coração dela sempre cabe mais um. Especialmente aquele filho desgarrado que mais ninguém quer. Acho que é por isso que ela está triste. Seus filhos andam sendo maltratados pelo mundo, e a única coisa concreta que ela pode fazer é abrir o coração.

Como posso ter me esquecido dela?! Já sei o que vou pedir de presente de aniversário! Dezessete anos... Eu posso exagerar, não é?

Compadecida, por favor, tira ele *de perto de mim. E, se nem você conseguir tirar, pelo menos me conceda a graça de não deixar* ele *chegar mais perto, que já me é de grande ajuda.*

Faço uma prece silenciosa enquanto seguro com fé o escapulário que trago no pescoço. Foi um presente muito especial que recebi de minha avó Anita, em uma das suas visitas anuais. É de prata, mas ninguém sabe. Eu digo que é latão mesmo. Coloquei em um cordão de couro as duas imagens tão delicadamente gravadas. Troco o cordão todo ano. A corrente de prata original devolvi para a vovó, e pedi a ela que mantivesse guardada. Quando eu morar em um lugar onde eu tenha pelo menos uma gaveta só para mim, pego de volta.

Ela me deu quando fiz seis anos. Me olhou muito séria. E pediu:

— Estenda a mão, Janaína. Tenho um presente para você. Hoje você faz seis anos. Você não sabe, mas isso é uma conquista e tanto. Nenhum dos meus irmãos chegou nessa sua idade. Todos foram levados antes pela fome e pela seca.

Ofereci a ela a minha mão, com certo medo. Vovó sempre fica muito emotiva quando fala do sertão e da vida que tinha lá até fugir para o agreste.

— Minha mãe demorou a entender. Mas eu não cometerei o mesmo erro. Uma criança que venha nascida entre nós, no meio dessa desgraceira, só vinga se tiver ao seu lado uma proteção muito forte. Não se iluda, filha, o *coisa ruim* sempre bota os homens dele para trabalhar. Por isso, nós colocamos as nossas mulheres. Que a Compadecida ande sempre ao seu lado, e lhe conceda a sua proteção.

Fez um sinal da cruz na minha testa, nos meus olhos e na minha boca, jogou a mão para trás do ombro, como quem despeja fora o indesejável, e me deu um pequeno papelzinho pardo todo dobradinho, onde estava o escapulário.

Coloquei a preciosidade no pescoço no mesmo instante, sem nenhuma hesitação, e desde então a tiro o mínimo possível. Mesmo tão pequena, eu não precisava que ninguém me convencesse da necessidade de proteção. Eu não sou surda. Então já *o* ouvia com frequência ao meu ouvido, sussurrando. Pode ser que tenha sido apenas ilusão minha, mas, desde que ela anda aqui pendurada em mim, não *o* ouço mais falar. Ficou mudinho o peste. Também, só faltava *ele* ter coragem de ficar soprando besteira bem no ouvido de Nossa Senhora.

3.

— Janaína, Talita está aqui na porta! Pode sair do banheiro!

Assim grita Antônio José. Irmãos. Deixa eu estar irritada o suficiente que eu quebro o nariz dele. Ele vai ficar bonito que dói, com um nariz torto na cara. E aí quero ver se ele arruma uma namorada... Totalmente desnecessário esse constrangimento. Primeiro: com o tamanho que tem a nossa casa, é claro que eu ouvi Talita chegar. Segundo: para que gritar para todo mundo que eu estou no banheiro? Só para me deixar sem graça. Terceiro: é claro que eu sabia que ela viria. Deixei uma calça e uma blusa penduradas na janela. Nunca falha.

Há alguns anos, Talita e eu desenvolvemos códigos de conversa, já que dá para ver a minha janela do barraco dela. Se eu pendurar uma camiseta na janela, significa: *Dê um jeito e me encontre na esquina de baixo. Senão, deixarei de ser sua amiga*. Adoro ser enfática. Se for uma calça: *Vem correndo que a minha mãe fez um bolo e vai acabar rápido*! A camiseta ao lado da calça: *Corre, que só falta um pedaço, e eu estou com fome*.

Ela sempre vem comer. Hoje não ia ser diferente. Talita querida. Meu primeiro amor. Não me lembro, é claro, mas sei que me apaixonei por ela na primeira vez que a vi, no barraco de Dona Zezita.

— Oi, Talita! Vem aqui na cozinha para comer o bolo, se Antônio José deixar...

Comemos em pé, com Antônio José espiando curioso por cima do meu cangote. E vazamos ligeiro.

Não sei como ela se livrou das duas irmãs mais velhas. São duas bruxas que não a deixam fazer nada. Quanto mais sair de casa. Mas não quero saber. Não conversamos muito sobre os problemas de cada uma. Eu já tenho os meus. Ela, os dela. Cada uma carrega a sua carga, não dá para se apropriar da carga dos outros. Nem da tristeza. Daí, não vai ter quem aguente.

Vamos até a beira do córrego. Sempre foi nosso lugar favorito. Gostamos de conversar nesse lugar. Bate um vento e não cheira a xixi como perto da praça. Às vezes acho que Recife todo cheira a xixi. O centro do Recife antigo é lindo, com seus casarios desmoronando... Mas fede. Fui lá uma única vez com meu pai num carnaval perdido há muito tempo.

Talita está daquele jeito... Conheço seus olhos tristes. Mas também sei como funciona. Eu tenho que a deixar começar por si mesma... Talita é o meu oposto. Quanto mais gente, mais calada. Agora deixe eu e ela sozinhas, que ela abre a matraca e dispara tudo o que ficou represado.

— Jana, eu tenho este presente para você.

— Amiga, não precisava. Você sabe que não precisava.

— Mas eu queria dar mesmo assim. Foi caro, não. Comprei em um brechó tem uns meses já. Mas eu tinha que esperar o teu aniversário.

Abro a caixa com cuidado. No interior, enrolada em um papel-manteiga amarelo-vivo, uma sandália de tiras azul. Se eu fosse do tipo que chora, estaria em lágrimas. Mas, não. Sou filha da minha mãe. Quando choro, nunca desperdiço água. Duas gotinhas de cada lado, e deu.

— Talita, sua danada... Você se lembra?

— Como esquecer? Você a usou todos os dias durante os primeiros dois anos de escola! Prove!

Experimento com cuidado. Fica perfeita!

— Para você usar na próxima festa junina da escola, com um vestido amarelo de chita.

Talita é assim. Doce e atenciosa.

— Jana...

— Oi... — É agora, ela vai começar.

— Você não tem receio?

— De quê, mulher?

— De não poder mais estudar! — Ela para de falar e me olha com medo genuíno. Algo sério está acontecendo. — Olha, preciso te confessar que eu tenho! Lembra como meu pai não queria que eu fosse à escola? Deixou só por causa do Bolsa Família... Foi aquela guerra. E olha que a gente estava falando da coisa que ele mais ama no mundo: dinheiro.

— É verdade... — me lembro bem da confusão.

— Se meu pai não recebesse só para eu ir à escola, com certeza eu tinha passado meus dias no farol vendendo bala! Igualzinho ao Tato! Ele morre de orgulho de dizer que o Tato sempre ajudou em casa, desde que era um pirralho, que não tem nada de mais um menino trabalhar como homem! Fortalece o caráter! Blá-blá-blá. Você conhece bem toda essa ladainha dele, né? Já te falei umas mil vezes, não foi?

— Falou, amiga, um milhão de vezes...

É claro que eu me lembro da luta que foi para ela poder ir à escola. E Sarah, irmã mais nova dela, também! Não adiantou a moça do conselho tutelar falar pro pai delas que criança tem que ir à escola, que não é questão de querer ou não... Ele só entendeu mesmo quando soube que sem escola, ele ia perder o benefício. Ninguém quer ficar de fora do Bolsa Família, aquela ajudinha do Governo Federal que atende às famílias que vivem na maior pindaíba feito nós, porque deixou de cumprir as condições. É fácil. Tomar vacina e ir à escola. Então, desde que o programa começou, todo mundo faz a sua parte e se esforça para não perder o direito ao Bolsa. Até o pai de Talita, que acha estudo um desperdício de tempo. Deu certo. Acontece que, agora, toda criança vai à escola. Quem está na escola aprende a ler e escrever. Quem está na escola come. Quem está na escola não está na rua vendendo bala no farol. Quem está na escola não está em casa sendo abusada pelo padrasto. Madalena que o diga...

— Mas e agora, Jana, que eu já cresci... o que eu faço se meu pai não me deixar continuar estudando?

— Foge de casa e vem morar comigo.

— É sério, Jana. Estou aperreada. Meu pai tem vindo com umas conversas estranhas, tipo: *Doze anos de estudo é muita coisa. Ainda mais com esses professores que só sabem deseducar os meninos e tornar todo mundo comunista. Daqui a pouco vocês vão querer pensar, ter ideias...*

— Jura que ele disse isso?

— Juro! Você sabe que lá em casa só eu consegui ficar no Ensino Médio. Ele sempre obriga todo mundo a ir trabalhar lá na barraca, até conseguir um emprego fichado em algum lugar. O Tato estava com ele, mas agora vai ser caixa do mercado. E se eu tiver que ir com papai? Não tem mais nenhuma opção de filho disponível! — Ela para de falar por um segundo; vejo seus olhos cheios de água. — Estou me pelando, Jana. Nem consigo dormir. E tu também devia estar, essa é que é a verdade. Tua mãe é capaz de aprontar alguma contigo para você não terminar o Ensino Médio, só pelo prazer de sacanear. E aí? Nós duas vamos fazer o que das nossas vidas? Continuar exatamente onde estamos?

Dou de ombros e ficamos as duas em silêncio, de mãos dadas, a olhar a água tamborilar no córrego.

Não que eu não me importe com tudo o que ela disse... pelo contrário. Me importo mais do que Talita com a ideia de não estudar. Mas não quero que *ele* perceba, senão *ele* dará um jeito de me boicotar. E é esperto o danado. Se esforça mais quando sabe que é importante para mim. E, se *ele* se juntar com a minha mãe, como ela sugeriu, aí ferrou tudo, mesmo. Acho que ela é a sua parceira favorita. Além disso, o filho do *coisa ruim* é muito insistente, não admite perder, não. Se não me pega, tenta pegar alguém junto de mim. Mas eu não aviso a ninguém como ser meu amigo pode ser perigoso. Se avisasse, não tinha amigo nenhum, e a vida ia ser bem mais difícil...

Outro dia não me aguentei e contei do encosto para Talita. Esse era o único segredo entre nós. Pelo menos da minha parte. Tenho certeza de que ela tem os dela. No plural, mesmo.

— Pelo amor de Deus, Janaína! Tu e tuas histórias. Dai-me livramento desse encosto. Tu nunca devias ter me contado isso. Agora vou ficar morrendo de medo, achando que do teu lado tem um filho do demo.

Talita passou a espiar por cima do meu ombro e a fazer o sinal da cruz de tempos em tempos. Eu, só para aperreá-la, às vezes viro fazendo uma careta dessas bem feias. Ela grita. Eu me acabo de rir. Mas, no fundo, morro de medo da hora em que *ele* resolver botar as garras de fora de verdade. Eu sei que até o momento *ele* fez muito pouco comigo, mesmo que eu viva nesse perrengue em que vivo. Podia ser pior, muito pior...

Tenho tentado pensar cada vez menos *nele*, usando a estratégia de que, quanto menos eu lembrar *dele*, menos *ele* se lembrará de mim. Mas parece que *ele* está me rondando. Eu sinto seus olhos em mim, ainda que não *o* veja. Nessas horas seguro meu escapulário com força e peço em silêncio que ela despache o peste para bem longe. Tem funcionado. Do jeito que dá, que até para a Compadecida existem limites.

4.

Eu e Talita chegamos à escola na maior animação, mas isso aqui está parecendo um cemitério. A diretora avisou ontem que hoje teria uma palestra especial que pegaria as três últimas aulas dos alunos do segundo ano. Resultado: mais da metade não veio. É simples. Se não cai na prova, meu filho, não importa. Devem estar todos lá no Bar do Tonho, enchendo a cara.

Eu não tenho ilusões, mas parece que Dona Zilu tem. Eu sei muito bem que a galera está na escola pelas seguintes razões: 1. Os pais obrigam. 2. Para paquerar. 3. Para descobrir com quem comprar drogas mais baratas. Infelizmente essa é a verdade. E não é porque somos uma escola de pobre na periferia, não. Pode ir lá no colégio bilíngue de Boa Viagem, onde só estuda quem mora em um apartamento por andar, que as razões para ir à escola ainda serão as mesmas. Tem ainda o povo que vai perdendo ano, repetindo ano, e ficando para trás. Aquele caos. E tem aqueles que gostariam de continuar estudando, mas não podem, porque precisam ajudar dentro de casa. E daí que as empresas não podem contratar os menores de dezesseis?! O trabalho informal está aí para resolver esse problema. A maioria vai vender alguma coisa em algum lugar, com a bênção dos pais.

Eu e Talita pertencemos ao grupo restrito dos que levam a escola a sério. Batalhamos muito para estar aqui. Por isso, nada de bar! Agora estamos as duas esperando a palestra começar, sentadas no chão do pátio. Junto de um telão grande e uma caixa de microfone. Talita é tão esperta que trouxe pipoca de casa. Para nós será divertido, isso sim!

— Olá, meninos. Obrigada por terem vindo. — Eu gosto da voz de Dona Zilu, nossa diretora. A bicha é braba, mas sabe falar mansinho... — No ano que vem, vocês estarão no último ano do Ensino Médio. Muitas coisas vão mudar! Para preparar vocês e manter acesa a vontade de estudar, eu trouxe aqui a Cora, que trabalha na Secretaria de Educação do estado de Pernambuco. Comportem-se e ouçam o que ela tem a dizer. Depois contem aos colegas que não puderam vir, ok?

Nossa! Ela é bonita que dói, essa tal de Cora. Parece a Giovana

Antoneli. Com certeza os moleques agora estão prestando atenção. Espertinha, Dona Zilu... Quem não veio vai ficar com raiva.

— Oi, pessoal. Eu sou professora de português aqui na rede. Vim contar um pouco sobre como funciona nossa organização de currículo para o Ensino Médio e quais são nossos objetivos e ferramentas para vocês continuarem evoluindo nos estudos depois da escola, em direção à graduação, com um curso superior.

Ela começou a falar um monte de coisas das quais eu até já tinha escutado — assim, por alto — da boca de uns e de outros, mas não entendia direito como funcionava. Prestei atenção em cada palavra. Agora eu sei perfeitamente do que se trata. De sonho. E de se tornar gente. Gente de verdade.

Não precisei olhar para Talita nenhuma vez durante a palestra para ter certeza de que ela, assim como eu, adorou as coisas que essa mulher disse. Basicamente, Cora explicou que a gente pode fazer uma faculdade de graça! Seja ela particular ou federal! Alguém como eu? Qual a chance de dar certo? Mas, da forma como ela falava, olhando direto para mim... Parece até que estava me convidando. Seus olhos doces me diziam: *Venha, esse caminho é seu*. No final, Cora abriu para perguntas, e eu quase levantei a mão para perguntar:

— Dona Cora, posso te dar um beijo de felicidade?

Na volta de ônibus, fico me imaginando numa faculdade dessas que ela falou... Meu coração se enche de esperança e expectativa. Será mesmo possível? Seguro com força o escapulário e rezo em silêncio e com fé, pedindo que me seja dado o direito de sonhar. Eu rezo do meu jeito. Eu e ela, na maior intimidade. Na minha fé. Ninguém me ensinou, não. Fecho os olhos. Escuto. Peço. Agradeço. Simples assim. Talita já é diferente. Ela vai à igreja três vezes por semana. Tem de assistir ao culto, ouvir o pastor e cantar o louvor. Além disso, o pastor vive ensinando como ela deve conversar com Deus. E repete um milhão de vezes que só a igreja tem o caminho para isso. Esse caminho ainda por cima só fica visível se você ajudar o pastor com dez por cento do salário e de qualquer dinheiro que apareça na sua vida. Não ouse omitir. Deus sabe tudo. E você vai para o inferno. Pense num inferno que deve ser cheio! Cada um que decida cheio de quê...

Entro em casa eufórica. Preciso comentar com alguém sobre o monte de ideia que agora borbulha na minha cabeça. Graças a Deus, mamãe não está em casa, só papai. Um momento raro. Meu pai é um borrão que entra e sai todos os dias, junto com o sol. O sol nasce e ele vai, o sol morre e ele volta. Sempre sujo. Areia, tinta, suor. Ele trabalha na construção civil. Ergue paredes. Meu pai é forte. Come muito charque com farinha. Na falta do charque, come farofa de farinha com água. Sustenta, viu? E é gotoso. Quando você estiver com fome, naqueles dias de cão em que nem a caridade humana conseguiu te arranjar algo para comer, experimenta para ver como é melhor do que água com açúcar.

Conto em detalhes a papai sobre a palestra. Benedita, que está brincando com Maria no sofá, também escuta. Ela mal me olhou quando entrei, mas sei que não perde uma palavra...

— Minha filha, isso tudo parece um sonho. Você vai tentar, né? Prometa ao seu velho pai!

— Eu queria, meu pai. Fiquei me imaginando em uma faculdade dessas de verdade, e depois toda chique com um diploma de doutora.

— Você vai conseguir, minha pequena. Me explica de novo o que é esse Enem[1]?

— É uma prova, pai, que a gente faz quando está quase acabando o Ensino Médio.

— E como isso serve para você entrar na faculdade?

— O pessoal do governo coloca num sistema onde estão as universidades públicas do Brasil todo. Chama-se Sisu[2]. Pode acessar lá pela internet da escola. Cada estudante ganha uma senha. Daí você coloca o curso que quer e a universidade. O sistema vai classificando todo mundo até o tempo acabar. Quem ficar nas vagas, faz o curso.

Meu pai faz um cara feliz de quem entendeu a oportunidade que se abriu. E eu penso com meus botões que às vezes esse pessoal do governo tem neurônios funcionais naquelas cabeças. E, se a gente tiver sorte, sorte mesmo, consegue encontrar um coração escondidinho embaixo da camisa social de algodão egípcio...

— Mas como você vai disputar com alguém que fez escola particular, filha? Lá não tem greve, não tem falta de professor...

— É separado, pai. Tem vaga para um e vaga para o outro.

— Eu não acredito, filha. Isso é bom demais para ser verdade.

1 Exame Nacional do Ensino Médio.

2 Sistema de Seleção Unificada.

— E ainda tem mais, pai. Se você não passar na universidade federal, pode tentar um bolsa de cem por cento nas particulares credenciadas com o tal de Prouni[3].

— Tipo essa chiquetosa que tem aqui no bairro do lado? Aquele prédio espelhado?

— Tipo isso, pai. Não é o máximo?

Os olhos dele brilham tanto, que acho que ele está a ponto de chorar.

Descobri muito cedo o tamanho do buraco onde meu pai se encontra. Quando eu era pequena e ainda não ia à escola, às vezes ele não tinha serviço para o dia, então cuidava de mim. E eu ficava de olho nele, nas coisas que ele fazia e falava. Foi assim que descobri que ele só sabe assinar o próprio nome a muito custo. E que precisa decorar o número dos ônibus porque não sabe ler o letreiro. Analfabeto funcional. Belo nome. Mas não faz sentido. Deveria ser analfabeto disfuncional. Um alfabetizado que não serve para nada. Há um tempo, Benedita até tentou ajudar, mas sem sucesso.

— Vem para a escola comigo, papai. Tem uma cadeira vazia atrás de mim — sugeriu Benedita, com calma, ao meu pai, um mês depois de as aulas começarem.

— Burro velho não aprende caminho novo.

Meu pai queria ser mestre de obras. Ele é bom. O melhor da equipe. Mas não pode. Tem que saber ler. Então ele é só o ajudante de pedreiro. E ajudante é aquela loucura. Não tem trabalho fixo, não tem carteira assinada, e por aí vai a desgraceira. Então meu pai está condenado a passar a vida toda sonhando com aquilo que queria ser e não foi. Coitado. Ninguém merece esse tipo de prisão. Bem, eu com certeza não mereço.

Por isso que tudo o que meu pai mais quer na vida é que os filhos estudem, para não ficar tudo feito ele. Tadinho do meu pai. Dos três filhos, duas bolas fora já. Eu sou a sua última esperança. E eu tenho o peste junto de mim, azedando tudo.

Estamos os dois tão empolgados que nem percebemos mamãe entrar. Levo um susto com a voz dela do meu lado.

— Muito boa a conversa dos dois, né? — diz mamãe, ironicamente.

— Oi, mãe. Quanto você ouviu? — pergunto, sentindo na boca o amargo do medo.

— O necessário.

---

3 Programa Universidade para Todos.

5.

Minha mãe.

Agora lascou tudo.

Ela faz banca de ser do tipo calada, que aceita as coisas como são, em silêncio, e prefere nem imaginar como elas poderiam ser. Desse povo que fala que a sua hora um dia vai chegar, se Deus quiser, e pronto, não adianta reclamar. Nada mais que se possa fazer. Mas é tudo mentira. Eu sei. Eu vejo a lava quente fumegando dentro dela. Vejo como ela faz força para reprimir. Está tudo nos seus olhos de fogo baixo. Um dia vai rolar uma erupção daquelas. Enquanto não cai de vez a máscara que usa, ela fica jogando pequenas porções de lava quente por aí, só para ver a sua vítima queimar. E a sua vítima preferida sou eu, é claro.

Olho nos seus olhos. Não fazemos muito isso uma com a outra. Ela, para esconder de mim que a lava está borbulhando forte. Eu, para esconder dela que o meu encosto continua do meu lado, procurando uma brecha para infernizar a minha vida... Depois de alguns segundos, que pareceram pelo menos uns vinte minutos de sofrimento, eu cedo e abaixo o olhar. Essa eu perdi. Feio.

— Pode ir esquecendo esse blá-blá-blá todo, mocinha. Aqui nesta casa estamos precisando de dinheiro. A vida não está fácil, e esse negócio de estudar não enche o bucho.

Minha mãe é sempre minha mãe. Não consegue se aguentar.

— Mas, querida... Ela tem direito de estudar. De tentar ser diferente da gente.

— Direito temos todos nós de ter o que comer, você não acha? E agora vamos todos passar fome por aqui.

— Do que você está falando, mulher?

— Acabei de ser demitida.

Minha mãe tinha carteira assinada até hoje de manhã, quando saiu de casa. Ela trabalhava como ajudante de cozinha, e não como empregada doméstica, feito a maioria das mães que conheço. Ajudante de cozinha tem carteira assinada, décimo terceiro, férias, fundo de garantia e INSS[4]. Empregada não tem nada disso. Empregada tem que erguer as mãos para o céu e agradecer que tem um emprego, mesmo que ela trabalhe para o diabo. Ou um filho dele.

Minha mãe cozinha muito bem. É gostoso. Mas, quando falta dinheiro, cada um é capaz de fazer a sua própria comida. E nem liga se tem gosto de papel.

Ai, minha Compadecida! Seguro o escapulário com fé. Sem o emprego da minha mãe, as coisas vão se complicar bastante... A verdade é que ela estava dando muita sorte... Uma hora *ele* ia vir e tirar tudo dela. É uma das suas técnicas favoritas: *ele* deixa a gente ter, como se estivesse tudo ok. Quando você está bem feliz, o peste vem e te dá aquela rasteira de jeito. Só para mostrar quem manda. E quero deixar claro que com o bicho ruim não tem esse negócio de parceria, amizade ou coisas do gênero. E daí que a minha mãe meio que o ajudava com as maldades? Quando *ele* cisma em derrubar alguém, derruba mesmo e pronto.

— Não tem jeito, marido. Só Antônio José ajuda a botar algo dentro de casa. E Benedita está daquele jeito. Essa menina terá que começar a trabalhar. Então, acabou-se a graça de querer estudar. Janaína vai entrar na lida mesmo. Só vamos decidir se vai me ajudar ou vai trabalhar sozinha em qualquer trampo.

Mal consigo respirar.

Me lembro da advertência de Talita.

Quando esses dois se unem, nem adianta discutir. Faz um tempo que já percebi que mamãe e meu encosto andam sempre de mãos dadas. Se *ele* a ferra, ela passa adiante e me ferra, como um sistema de vasos comunicantes do mal.

Mas o pior é saber, bem lá no fundo, que minha mãe não está de todo errada. Ela tem razão: eu estou devendo em casa. Sou obrigada a reconhecer, mesmo furiosa com o desfecho de tudo.

Antônio José faz a parte dele há quase dois anos. Bota dinheiro e comida em casa. A um custo alto, pelo menos para mim. Ele largou a escola de livre e espontânea vontade. Só terminou o fundamental. Papai ficou arrasado. Já mamãe sempre olhou o copo meio cheio. E, claro: ele é o queridinho dela há muito tempo...

— Pelo menos ele terminou o fundamental. Você deveria ficar feliz, pai. Se não fosse a capoeira, o moleque não tinha nem isso — triunfou mamãe..

4 Instituto Nacional do Seguro Social.

— Mas, querida...

— Não tem "mas". Lembra que desgraça que ele era na escola? Fugindo das aulas e arrumando a maior confusão? Com doze anos, eu tinha certeza de que esse menino não ia dar para nada na vida. Até que começou a tal educação integral lá na escola, e ele entrou para a capoeira. Agora está aí, ó: calminho e pondo comida em casa. Melhor que as duas princesas que você não cansa de proteger.

Até eu me lembro do peste que Antônio José era. Ele ciscava e era escorregadio feito um peixe-sabão, sempre dando um jeitinho de deixar as aulas para depois e escapulir pelo portão lateral. Até que pegou gosto pelo gingado e pelo toque do berimbau. No começo, ia às aulas da tarde só para tocar o berimbau. Depois é que passou a ir pela luta. O gosto foi tanto, que se acostumou também com as outras aulas, aquelas de português e matemática. E começou a escapulir cada vez menos. Quando viu, já estava indo em tudo que devia. Quem diria que lá no fundo ele sabia ser obediente?

Mas Antônio já estava de saco cheio da escola. O que ele queria era ganhar o seu dinheiro. Quando terminou o nono ano, já havia decidido que não ia mais estudar. Fundamental completo já estava de muito bom tamanho. Ficou procurando um bico informal em qualquer lugar, quando o universo se abriu.

— Antônio José, preciso de ajuda lá no centro de treinamento da praça. De alguém para varrer o chão, lavar os banheiros, limpar os colchonetes depois do uso... Mas não tenho como pagar salário, não. Posso dar uma cesta básica e pagar a passagem.

— Nossa, mestre, o senhor salvou a minha vida! Com a cesta básica, está garantido o mínimo de comida para o mês lá em casa. E o dinheiro da passagem eu posso muito bem economizar para dar ao meu pai. Afinal de contas, quarenta minutos de caminhada no sol quente não matam ninguém, né?

— É, filho. No máximo aumentam as rugas do rosto e a chance de câncer de pele. Mas preto não tem câncer de pele...

Pelo menos é isso que mestre Chicão diz. Mestre Chicão, que sabe que aqui em casa a situação ficou mais difícil depois do nascimento de Maria. No nosso bairro, todo mundo sabe tudo uns sobre os outros, e a gente se ajuda como pode.

Antônio José ficou quase doido de felicidade. Era tudo que ele queria. O que deixava ele feliz mesmo era saber que, enquanto estivesse trabalhando, veria o mestre Chicão ensinar. E Antônio José sabe que dá para aprender muita coisa só de olhar.

Se deu bem, meu irmão; já vai no caminho certo para ele. O que me mostra o óbvio: o peste é machista. Com Antônio, *ele* nunca se meteu, não. Agora, com Benedita, a conversa já é outra...

Benedita é a mais velha de nós três... Tem quase vinte anos, mas faz uns dois que está assim apagada, como se com as baterias arriadas. Tão diferente do que era... Chega a doer o coração. Até o da minha mãe, que é duro e frio feito pedra.

Ela foi a melhor aluna da escola, uma promessa. E agora não resta mais nada. Desculpem o tom de enterro. Não é justo. Maria é tão linda e bochechuda... Conseguiu encher a casa de alegria, mesmo com tudo o que aconteceu. Mas também encheu minha irmã de tristeza. "Depressão pós-parto", disse a assistente social do CRAS[5] que veio aqui. Mas eu sei que é depressão pós-trauma demasiado.

Benedita nunca me contou os detalhes. Mas um dia ela chegou em casa aos prantos, com os joelhos esfolados e a testa rasgada. Pingando sangue pela casa. E, num outro dia, estava grávida. E, num outro dia, ainda estava triste. E, em mais um, com raiva.

"Vai passar", disse a assistente. "Ela precisa de carinho e apoio, como o bebê. E de paciência... Tem que ir às reuniões lá do grupo. Falar é importante. Bota as coisas no lugar. Ressignifica e liberta." Então, mamãe chorou. E papai socou a parede. Com muita força.

Eu fiquei onde estava; mesmo que ninguém tenha dito a palavra nefasta, é claro que eu entendi tudo. Ela devia dizer para poder se libertar. Estupro. Estupro. Estupro. Dizer quantas vezes fosse necessário, até que a palavra perdesse o seu poder.

Entendo que ela não queira dizer, por causa de Maria. A menina não merece crescer com essa sina. Mas concordo com a assistente: falar liberta. Por isso eu procuro a minha voz.

Está vendo que não tem jeito? Se alguém ainda pode ajudar a trazer dinheiro para casa, esse alguém sou eu. Por isso tudo, meu pai, pode enterrar a sua esperança bem fundo...

Só me resta aceitar e colocar mais um pontinho para *ele* no placar. Dessa vez nem a Compadecida poderá fazer algo por mim.

E o pior desse barraco com um cômodo só é que eu não posso nem ir para o meu canto chorar.

---

5 Centro de Referência da Assistência Social.

6.

OLÁ, MINHA BELA.

ESTAMOS CADA VEZ MAIS ÍNTIMOS, VOCÊ PERCEBE?
EU VOU ME MOSTRAR MAIS PARA VOCÊ AGORA.
VOCÊ VAI ME VER POR INTEIRO.
VOCÊ VAI APRENDER A ENXERGAR ONDE ESTOU.
E PRINCIPALMENTE A VER QUANDO EU ME APROXIMAR DE VOCÊ NAS SOMBRAS.
ISSO É FUNDAMENTAL, POIS É ASSIM QUE SEU MEDO VAI COMEÇAR.
O MEDO LIMITA OS MOVIMENTOS.
O MEDO MATA OS SONHOS.
O MEDO PARALISA.
MANTÉM VOCÊ NO LUGAR QUE EU QUERO.
PERTO DE MIM.
SUBJUGADA A MIM.
EU VOU ME APROXIMAR MAIS AINDA.
JÁ DEI O PRIMEIRO PASSO.
VOCÊ SE ILUDIU ACHANDO QUE CONSEGUIRIA, NÃO FOI, PEQUENA?
ERA SÓ UMA AMOSTRA GRÁTIS, PARA VOCÊ COMEÇAR A ENTENDER COMO EU JOGO.
SEJA ESPERTA E APRENDA RÁPIDO.
AGORA LEVAREI ALGO SEU.
ALGO QUE VOCÊ AME MUITO.
ALGO DE QUE VOCÊ SENTIRÁ FALTA.
VOCÊ ACHARÁ QUE FOI UMA QUESTÃO DE SORTE OU AZAR.
MAS FUI EU.
OU SERÁ QUE VOCÊ É MAIS ESPERTA QUE A MÉDIA, JANAÍNA?
SERÁ QUE VOCÊ PERCEBERÁ QUE FUI EU?
TOMARA... E VOCÊ SE TORNARÁ MAIS CAUTELOSA OU MAIS OUSADA POR CONTA DISSO?

BEM, MESMO QUE SE TORNE MAIS CAUTELOSA, ISSO NÃO MUDA NADA.

NOSSO ENCONTRO ESTÁ ESCRITO.

POR MIM.

DO MEU JEITO.

DESDE QUE VOCÊ NASCEU.

VOCÊ JÁ ME OUVIU FALAR.

EU SEI QUE VOCÊ PRESTOU ATENÇÃO A CADA VEZ QUE EU SUSSURREI NO SEU OUVIDO.

FOI DIVERTIDO PERCEBER QUE VOCÊ ESTREMECIA AO SOM DA MINHA VOZ.

AGORA VOCÊ VAI ME VER EM AÇÃO.

ESTÁ PREPARADA?

EU TORÇO PARA QUE NÃO.

TCHAU, QUERIDA.

NÃO SE ESQUEÇA DE MANTER OS OLHOS BEM ABERTOS.

VOU PEGAR VOCÊ DE JEITO.

SEMPRE SEU.

7.

Eu contei tudo à Talita assim que pude.

— Não acredito, Jana! Eu não te disse, amiga? Eu tava sentindo dentro de mim que alguma coisa ia acontecer... Foi contigo primeiro, por causa daquilo que você me contou que te persegue... Ai, amiga! Estou tão triste por você! Como você se livra dessa maldição? Será que ele vai vir atrás de mim também?

— Eu não sei, Talita... Eu sei que estava tudo bom demais para ser verdade. Por algumas horas, eu achei que conseguiria...

— Mas a tua mãe não disse no que tu vai trabalhar, né? E se você tiver ainda alguma chance Jana? Vai que ela muda de ideia... ou arruma outro emprego... E o Bolsa, Jana? Como fica? Pelo dinheiro que entra será que não compensa ela te deixar um bocadinho mais na escola? Pelo menos para terminar o ano...

Ela está à beira de um ataque de choro... Sua dor é tão grande quanto a minha. Mas ainda teve força para manter aceso um tiquinho de esperança... em vão. Eu não recebo o Bolsa. Mamãe trabalhava de carteira assinada no restaurante quando fizeram o cadastro.... e não vão refazer tão cedo, que eu não ouvi nenhum bochicho sobre isso aqui pelo bairro...

Eu queria ganhar. Todo mundo queria... Mas não é assim que funciona. Mesmo entre os pobres ferrados existem diferenças. Para ter direito ao Bolsa, a família precisa ter pelo menos três pessoas se sustentando com no máximo um salário-mínimo na carteira assinada. Faça as contas... Dá para viver? Não dá. Dá é para passar fome. De forma eventual ou de forma profissional. Peraí que eu vou explicar para quem nunca passou fome de forma profissional: não é que você fica sem comer nada... assim... todo dia... Mas de vez em quando fica... tipo dia sim, dia não. Ou os dez dias corridos do final do mês, quando acaba tudo e é preciso conseguir um vale com o patrão ou esperar, à base de farinha e da caridade dos vizinhos, que afundam no mesmo buraco que você, o próximo pagamento chegar... É o que vai acontecer em casa se dependermos apenas do dinheiro de papai e Antônio para encher seis buchos...

Não que o Bolsa pague muito... Eu, com certeza, se descolar um trampo no camelódromo, ganho mais... Mas na verdade tudo depende do ponto de vista. Com o valor que o Bolsa paga para um filho, dá para comprar uns cinco quilos de arroz, dois quilos de feijão e um pacote grande de charque. Mistura quase para o mês inteiro... Faz uma diferença daquelas... para quem recebe. Eu não recebo. Então, nem adianta eu me agarrar a essa frágil tábua de salvação.

Fico é esperando a convocação de mamãe para a lida e rezando em segredo para que um milagre aconteça. Vai que o Universo nos surpreende e ela recebe outra proposta de emprego? Não toco no assunto nem com meus irmãos, nem com papai... Na verdade, ninguém teve coragem de dizer uma palavra. Cada um ficou digerindo sozinho a sua raiva, a sua dor ou a sua preocupação.

Depois de cinco dias pelos cantos, minha mãe se decidiu: não vai mais procurar emprego formal. Vai pegar o dinheiro da demissão e usar uma pequena parte para começar um negócio mambembe de venda de marmita lá na saída do terminal. Cuscuz com carne seca. Macarrão com feijão e frango frito. Arrumadinho de charque. Ela comprou algum material, nada de mais. Só um tabuleiro de madeira que abre e fecha, para expor as marmitas aos clientes; dois isopores, para manter o calor da comida; e um carrinho de metal, para carregar tudo mundo afora. É pouca coisa para um negócio, mais é muita para ela levar sozinha. Por isso sou eu que vou com ela para o batente.

Deixei a escola com dor no coração e desespero na alma. Não contei a nenhum dos colegas ou professores. Mas anotei a data: 26 de abril de 2015. O dia em que fui enterrada viva.

8.

Acordamos todos os dias às quatro e meia da manhã. Mamãe cozinha enquanto eu preparo as embalagens, os talheres com os guardanapos no saquinho e coisas afins. Às nove, está tudo pronto. Cruzamos as vielas apertadas entre os barracos, já num sol de matar. Às dez estamos prontas na porta do terminal.

Até que conseguimos um bom ponto! Por ele passam muitas pessoas; fica meio escondido da fiscalização. Coisas de trabalho informal. É preciso estar sempre preparada para recolher tudo e vazar, desaparecendo como num passe de mágica. Tem dia que vende bem. Afinal, o povo tem fome. Mas tem dia que não vende nada. Especialmente se chover. Então, todo dia nas minhas orações eu peço:

Senhor, que amanhã não chova.
Se chover, que seja à noite.
Se for de dia, que seja só um bocadinho.
E, se for muito, que comece logo cedo,
para minha mãe não desperdiçar dinheiro
fazendo uma comida que ninguém vai comer.

Eu e minha mãe nos falamos pouco, o que é fácil quando se tem muito o que fazer. Se sobra algum tempo, não é com ela que eu quero conversar. Eu quero é aprender sobre o mundo. Se não pode ser na escola, que seja na rua mesmo. Então, sempre que tem uma brecha, puxo assunto com os outros informais que habitam o lado de fora do terminal. Eu gosto de escutar o povo... e assim vou fazendo amizades.

Hoje, logo cedo, o Carlão, um cara enorme de grande que tem uma barraquinha de açaí, me chamou num canto.

— Oi, Jana. Espia aqui uma coisa.

— Fala, Carlão, o que é?

— Não quero que a tua mãe brigue comigo, menina. Mas preciso te contar. Tu tens que dar um jeito de ir ver aquela tua amiga, a Madalena.

Meu coração dá um pulo no peito.

— Mas por quê? Aconteceu alguma coisa?

— Aconteceu. É o assunto do dia. Foi o irmão dela, aquele que vive fazendo o que não deve. Sabe quem é? Anteontem, eles estavam todos na sala assistindo à novela das sete. Família completa no barraco. De repente, abriram a porta dois encapuzados. Não teve conversa, com os *tresoitão* colocados nas bordas das calças. Até porque *tresoitão* não gosta de conversar.

— Meu Deus! — Minhas pernas já começaram a bambear...

— Vai ficar pior, Jana. Um deles estendeu o braço para Josias e chamou ele com o dedo. A família toda congelada no sofá, tua amiga também. Josias deu um beijo na mãe, que já tinha começado a chorar. Saiu bem devagar, cabeça erguida. Tão dizendo que ele não olhou para trás uma única vez. Hoje de manhã foi encontrado, já duro, lá perto do poço dos jacarés. Parece que faltando um pedaço ou outro. Não sei. O velório vai ser com o caixão fechado, cada um entenda o que quiser. O que eu sei é que aqueles bichinhos andam tudo de barriga cheia. E volta e meia só aparece por lá um monte de ossos descarnados.

Escondo as minhas lágrimas rapidinho, que minha mãe não vai gostar nem um bocado dessa história. Amanhã não posso trabalhar. Tenho que ir ao velório. Morto e comido por jacarés antes dos vinte anos. E eu aqui reclamando de ter que vender uma quentinha no terminal...

Pobre Madalena. Não a vejo desde que acabaram as aulas. Na casa dela é difícil. Difícil, de verdade. Faz lá em casa parecer um sonho. O encosto dela deve ser o premiado da repartição. Tipo funcionário do mês. Pense num filhote de *coisa ruim* que trabalha bem.

Para começar, lá tem o padrasto. Aquele homem é filho do demo, com certeza! Ou no mínimo amigo íntimo... Quando ele vai buscar Madalena na escola, eu vejo o jeito que ele olha para ela. Me faz tremer de medo. Ele é ruim, dá para sentir na pele. Madalena abaixa a cabeça e entra com ele no carro. E eu fico morrendo de pena e de preocupação.

Depois, tem os irmãos. São dez morando no mesmo barraco, de tudo quanto é idade e de vários pais diferentes. Além dos agregados da família, que chegam de surpresa e lá vão ficando.

Todo mundo sabia que o irmão mais velho de Madalena vendia droga para os boyzinhos lá de Boa Viagem. Vende de tudo que você imaginar, mas o que está dando dinheiro mesmo é o crack e a coca. Ele não guarda nem a droga e nem o dinheiro em casa, porque não é bobo. Mas os amigos dele sabem onde ele mora. E os inimigos também. Então a casa estava sempre sob vigília. Para o bem e para o mal. Não que exista muita diferença entre os dois. Agora está lá, deitadinho no caixote, no escuro e sem uns pedaços.

Em dias assim, me sinto ingrata. Deus não gosta disto: ingratidão. Mas, mesmo que eu deixe Deus um pouco chateado, não posso mentir. Afinal, mentir também é pecado! Tudo bem, eu não morri de tiro de bala, mas está me consumindo essa história de que estarei aqui, vendendo marmita no sol quente, na garoa fina e no mormaço de matar, enquanto devia estar bem sentadinha na minha cadeira, lá na Escola Estadual Pedro Salgado. Aquele é o meu lugar, não este.

Eu estava tão perto de dar um passinho a mais para viver uma vida diferente... Não tem como não ficar arrasada. Estou só com dezessete anos, não posso já ter sido totalmente derrotada por *ele* dessa maneira. Em algum lugar deve haver uma alternativa que não me esmague em direção a esse destino que o desgraçado traçou para mim. Não é possível que Deus esteja tão chateado a ponto de pensar em me abandonar dessa maneira.

Todo mundo em casa concorda que mamãe precisa trabalhar. E faz todo sentido a gente auxiliar a trazer algum dinheiro em casa também. Uma família como a nossa precisa se ajudar uns aos outros, por isso não adianta eu reclamar para ninguém. Não vou receber nem um olhar de compaixão fraterna.

Só quem me entende é Talita. Ela me deixa esbravejar toda a minha raiva. E concorda que não tem castigo pior do que este que me deram. Mas a situação dela também não está fácil. O pai só aumentou as indiretas sobre ser ela a próxima a trabalhar com ele. Que bela parelha! Minha mãe e o pai de Talita. Estamos ferradas. As duas, de um jeito ou de outro. E meu encosto vai rolar de rir do sucesso dele.

O negócio é que eu queria tanto, tanto, tanto estudar de verdade, ser desse povo que tem diploma... Trabalhar em algo que usa a cabeça, não os braços. E, principalmente, trabalhar em algo que me dê voz. Continuo como no dia em que eu nasci, querendo gritar aos quatro cantos que tenho voz, que tenho opinião. Eu quero ser vista. Eu quero ser ouvida. Eu quero que as pessoas falem sobre o que eu falo. E, para isso, preciso mudar o meu futuro. Para viver o futuro que eu desenhei para mim. Não este que querem me dar de esmola. Não posso fazer como meu pai e minha mãe. Se eu fizer como eles fizeram, vou acabar no mesmo lugar onde eles estão. Mudos. E invisíveis.

Tudo sonho enterrado.

Idiota, eu, que resolvi sonhar, sabendo que carrego o maledeto do meu lado. A chance de dar certo sempre foi zero. Eu me iludi por imaturidade. A esperança pode ser algo muito nocivo, quando a sua única função é aumentar a dor do que foi perdido.

9.

Estou limpando as vasilhas depois de mais um dia no terminal, quando Benedita chega perto de mim, na nossa minicozinha entulhada.

— Janaína, estou aqui com uma ideia. Quer ouvir?

— Se eu disser que não, você não me conta?

Depois de um dia como o meu, eu não tenho mais nenhuma paciência com outros seres humanos.

— É sério, Jana. É uma ideia boa.

— Do jeito que eu estou agora, não tem nada de bom que você possa me dizer.

— Nossa, quando tu resolves ser grossa...

— Está bom, vai. Desculpa. Diga.

— Você não queria continuar na escola?

— Esse assunto é proibido, Benedita. Você está careca de saber. Não sei por que eu deixei você abrir a boca.

— Sério, Jana. Você poderia conseguir.

— Que besteira é essa, Bené?

— Sério. Eu ouvi sua conversa com o papai outro dia, não tinha como não ouvir. E fiquei curiosa. Fui lá na escola falar com a diretora. Pedi para ela me explicar de novo o Prouni, que você explicou para o papai. Dona Zilu pegou um livro grande, o Guia do Estudante, e conversamos sobre vários cursos.

— E...

— E eu decidi que quero fazer uma faculdade. Pedagogia.

Agora, sim, uma surpresa. Mas me fiz de desentendida. Afinal, ainda estou com raiva da vida, e não entendi o que tenho a ganhar com essa conversa.

— Você está só me enrolando, Benedita. Não me interessa o que você quer fazer.

— A diretora me contou que, se eu passar no Enem, vale como diploma do Ensino Médio, mesmo que eu não tenha terminado os estudos na escola. E eu estava pensando... Você podia me ajudar a estudar, né? Eu era boa aluna, sabia das coisas... Tenho meus cadernos guardados. Me deixa eu te dar umas aulas! Eu estudo para te ensinar, e a gente se ajuda. Você me traz as suas anotações das aulas e os livros...

— Deixa eu só lembrar uma coisinha para você, Benedita: eu não posso mais ir à escola, lembra? Vou ter que devolver os livros e não vou ter anotação de aula nenhuma... A não ser que todo mundo convença nossa mãe de que é legal passar fome, ou de que dá para viver só com o dinheiro do papai e a cesta do Antônio.

— Opa, meninas! Ouvi falarem meu santo nome em vão?

Antônio chega de surpresa na cozinha. Pelo menos, para mim. Mas é claro que ele e Benedita estavam tramando nas minhas costas. A única boba aqui sou eu.

— Foi Antônio quem teve a ideia, Jana, e veio falar comigo. Vai ficar assim: você volta para a escola e eu vou ficar trabalhando com a mamãe.

— Mas, Benedita...

— Chega, Jana. Já está na hora de eu deixar essas coisas para trás.

— E Maria? Como vai ser?

— Eu vou cuidar dela pela manhã — intervém Antônio. — Só entro lá no Centro às treze horas mesmo. E daí eu deixo ela com Dona Elvira.

Meu coração se aperta ao pensar em Maria. Dona Elvira. Uma das senhoras aqui da rua que faz bico cuidando das crianças alheias. Fecho os olhos e me lembro da minha Dona Elvira: Dona Zezita. Antônio sabe exatamente no que estou pensando. Ele também sofreu com ela dentro daquele barraco.

Dona Zezita foi um dos meus primeiros encontros com o peste. *Ele* sabe escolher bem seus representantes, isso ninguém pode negar... A casa de Dona Zezita era um barraco que conseguia ser menor que o nosso, na rua de cima. Um cômodo e um banheiro. Ela era uma cuidadora familiar. Tem algumas assim aqui no bairro... Em geral velhinhas, obviamente. Tem que ser meio surda para aguentar o barulho de dez crianças dentro de um barraco e não enlouquecer. E meio cega, para não ver a tristeza que é a gente amontoado desse jeito, num lugar esquecido por Deus e aquecido pelo demo.

Ela era até razoavelmente boa para os nossos padrões. Isso quer dizer que, mesmo sendo impaciente, chata, mal-humorada e brava, não batia em ninguém. Pelo menos, eu nunca vi. E ela criou dez filhos, o que com certeza conta como experiência no currículo para cuidar dos filhos dos outros. Agora, dos filhos dela, só dois estão vivos — as meninas. Dos filhos dos outros, eu não sei... São tantos os mortos, que se perde a conta. Mas não é culpa dela. A parte dela, ela fez. É culpa do tráfico e da disputa entre os lados de uma mesma moeda para controlar o incontrolável. Um pouco de culpa da juventude também, que não escuta os mais velhos, nem quando estes querem dar bons conselhos.

Como a vida gosta de se repetir, fomos dez crianças naquele cômodo. Amontoados feito galinhas. O dia todo esperando. Esperando a hora de comer, esperando a hora de dormir, esperando a hora de comer, esperando a propaganda de televisão acabar, esperando a hora de comer, esperando a hora de voltar para casa. Mas sempre voltamos para casa alimentados e vivos, veja bem. Não é de todo ruim, certo?

Devia ser horrível.

Mas melhorou demais quando Talita apareceu. Fico reimaginando nosso primeiro encontro: ela me olhando, do canto oposto do barraco, com aqueles olhos escuros e tristes. Eu, engatinhando até ela, fui encontrá-la... e puxei seu cabelo. Foi mal. Não sou muito delicada. Ela chorou, é claro. Talita sempre chora. Mas nunca mais ficou longe de mim.

— Jana, ela vai ficar lá no máximo três horas por dia... — argumenta Antônio.

Respiro devagar.

Será mesmo?

É difícil acreditar no que aconteceu aqui.

Pouco mais de um mês depois de eu ter começado com mamãe, ou seja, mais de um mês em que eu chorei em silêncio no meu colchão, Benedita e Antônio vieram me salvar. Existe amor entre irmãos, afinal. Dá para tirar muita coisa de um homem. Mas não dá para tirar a capacidade de dar amor... E o amor ajuda em muita coisa. Ele pode ser mais poderoso do que o idiota que me persegue. Parece que Deus ainda não me abandonou por completo! Certeza que a Compadecida intercedeu por mim! Ou isso, ou o idiota foi tirar férias na hora errada. Calma. Ainda falta um passo para poder comemorar. Ainda temos mamãe.

10.

Sentamos os três juntos para contar a ela e ao papai sobre o nosso arranjo. Nesse caso, a união faz a força.

— Sonhar faz bem, meninas. Alimenta a alma — responde meu pai, de maneira óbvia.

— Quem precisa se alimentar é o bucho. Alma não come. E sonho não traz dinheiro para casa — diz minha mãe, também de maneira óbvia.

Minha mãe está cada vez pior. Os momentos em que ela fica quieta na dela e se recusa a falar com qualquer um de nós estão aumentando. Em dias assim, não tem marmita no terminal, nem almoço em casa. Eu desconfio que a lava dentro dela está ficando cada vez mais revolta.

— Eu não entendo. Por que todo esse abestalhamento dessas meninas, marido? Que mania de querer ser o que não é! Pobre é pobre, rico é rico. Faculdade é coisa de rico. Não é coisa para qualquer um, não. Vocês ficam sonhando assim, vão despencar com tudo no chão. E se estrebuchar de jeito — é o que diz minha mãe.

— Mas, mãe, você não ouviu nada do que a gente disse? — tenta argumentar Bendita.

— Ouvi sobre um sonho ridículo de estudar numa faculdade federal.

— Não é ridículo! — grito, sem conseguir me controlar.

— Deixa comigo, Janaína. — Benedita sabe que eu não tenho a menor chance com mamãe. — Não é só a federal, mãe. Lá é quase impossível mesmo de entrar. É a outra parte da conversa que importa. A do Prouni. Você entendeu que mesmo as faculdades de rico estão aceitando gente como a gente?

— Onde já se viu isso, Bené? Deve ser mentira...

— É mentira não, mãe. Agora é lei. Ou aceitam a gente ou começam a pagar impostos. Já viu alguém querer pagar imposto? Tu vai ver, mãe! Vai aparecer faculdade com vaga para a gente em tudo quanto é lugar desta cidade. E uma dessas vagas vai ser minha!

— E tu vai se misturar com aquele povo para que, Bené? Para as cocotinhas ficarem te olhando de cima a baixo quando você passa? Para ser maltratada? Para sentir todo dia o preconceito que eles têm por quem é assim, feito nós? Fica com os teus, Benedita. Esquece isso. Vamos tentar aquela vaga de caixa do mercado lá da praça da Igreja. Já está bom para você, para Janaína, para qualquer um de nós.

— Está bom mesmo, mãe. Mas você não entende? Eu quero ir mais longe. Eu quero ser que nem a moça da novela, que não tem medo de nada. Ou feito aquela propaganda: "Eu sou brasileiro e não desisto nunca". Não vou deixar ninguém me tratar mal, não. E, depois que eu me formar, volto aqui para a comunidade e vou dar aula para os meninos. Tem coisa mais linda que ser professora, mãe? Tem não.

— Mas, Bené...

— Eu vou brilhar como o sol, mãe. Você vai ver. E a minha luz vai ser tanta, que vai incendiar os olhos cegos e claros deles!

— Está decidido, mulher. Eu não vou discutir isso mais. As contas vão fechar. Janaína vai para a escola e Benedita volta a estudar. — Pronto. Papai pôs um ponto-final! Agora nem mamãe pode desfazer.

Animadas, começamos imediatamente! Até porque nosso tempo é curto... Eu e Benedita nos sentamos lado a lado no chão, os cadernos apoiados no baú, os joelhos se tocando... Meu pai leva Maria para passear na praça junto à igreja por duas horas antes da novela das nove. Para estudar é preciso algum silêncio. Algo que uma criança de dois anos não sabe fazer.

É melhor do que eu esperava. Leva jeito essa minha irmã... Eu gosto quando ela ri. Gosto quando ela fala com sua voz mansa. Gosto de ver sua letra de desenho rabiscar o papel. Ela sabe explicar as coisas de uma forma divertida. Me conta histórias... Sinto que as nossas horas juntas estudando passarão a ser momentos preciosos.

Estou começando a achar que esse nosso plano tem alguma chance de dar certo.

11.

Chegou, chegou, chegou, afinal que o dia dela chegou...

Saio de casa cantarolando um Caymmi adaptado. Coisa de gente feliz. Nem acredito que estou de volta! Da mesma forma que não contei a ninguém que ia embora, não contei que vou voltar. Surpresa! Marquei no calendário: quarenta e dois dias ausente. Ainda consigo recuperar o ano se eu ralar de verdade — o que vai ser fácil, porque estou superdeterminada desde que entendi direito esse tal de Enem! Dessa vez, tenho que passar! Não dá pra ser como fiz no Colégio de Aplicação. Aquilo lá foi um vexame... Além disso, prometi a mim mesma. E promessas foram feitas para serem cumpridas.

Eu tinha dez anos. Fiquei meses me preparando para a prova. Minha primeira chance de mudar o destino cretino que me deram e caminhar na direção do outro, o que eu escolhi. O Colégio de Aplicação é uma escola da Universidade de Pernambuco para formação de alunos que serão professores. E quem se dá bem somos nós. São sessenta vagas disputadíssimas, com uma entrada única no sexto ano. As aulas são maravilhosas e de graça. Um sonho! Mas eu tinha que passar na prova.

Meu futuro inteiro em um pedaço de papel.

Não deu. Foi a primeira vez que *ele* me jogou com força no chão. E doeu. Doeu, de verdade. Prefiro quando *ele* me deixa com raiva. A raiva me dá força, me põe em ação. Ruim, mas em ação. A dor me deixou como Benedita, com a bateria arriada, olhando o vazio. A dor me fez querer desistir.

— Pode chorar, Jana, não tem problema. Eu sei como você queria isso, então chora mesmo, amiga.

Talita segura a minha mão. E o meu corpo todo. Soluçar dói. Chorar dói. Respirar dói. Tudo dói quando você é obrigada a lidar com o seu fracasso. Meu nariz escorre e eu nem ligo. Não ligo mais para nada. Só para a dor que se instala em meu peito pequeno. Eu queria tanto, tanto, tanto... Eu rezei tanto, tanto, tanto... Eu estudei tanto, tanto, tanto...

— Calma, Jana. Dessa vez, Deus não quis. Mas, onde ele fecha uma porta, abre uma janela.

— Cansei do teu Deus, Talita. Ele nem sabe que eu existo.

— Não fala isso, Jana. É pecado! Tu e tua mania de fazer força para ter motivo de ir para o inferno.

Não discuto. Sei que ela tem razão e que eu estou sendo ingrata. O divino caminha ao meu lado, não o Deus de Talita. Este anda com ela. O meu divino, aquela coisa mágica que está em todos nós, eu sinto várias vezes. Especialmente quando olho para o mar, ou para a lua, ou para quando Maria sorri, desdentada. Eu só estou sofrendo e preciso pôr a culpa em alguém. Deus vai me perdoar. Bem mais do que Antônio, quando descobrir que no meu acesso de raiva eu quebrei o berimbau dele. Sim, foi coisa de menina mimada e chiliquenta. Não tenho idade para isso. Mas era o que estava na minha frente...

Talita, de certa forma, está feliz. Não vou mais mudar de escola. Continuaremos juntas. E é a primeira vez que a deixo cuidar de mim. Sou sempre eu que cuido dela. Eu sou a forte; ela, a chorona. Hoje o mundo está todo ao contrário. Como ela ocupa grande parte do meu coração, me deixo ficar assim, arrasada, no colo dela. Até cansar e cochilar um pouco. Acordo pensando: se tudo mais der errado, eu tenho a amizade. Com ela, a vida não há de ser tão ruim assim. Então eu a abraço com força e pego a borda da camisa dela para secar meus olhos e assoar o meu nariz. Sou meio bruta. Não mudei em dez anos.

Nessa hora, meu pai chega perto de mim. Minha mãe contou para ele com certeza, porque eu vejo tristeza em seus olhos. Mas ele não fala nada. Senta do nosso lado no batente do barraco e me põe no colo, mesmo eu sendo grande demais para isso. Seus braços enormes me envolvem com ternura. Ele encosta a cabeça no meu cabelo enquanto canta baixinho um frevo clássico:

Queiram ou não queiram os juízes
O nosso bloco é de fato campeão
E, se aqui estamos, cantando esta canção
Viemos defender a nossa tradição
E dizer bem alto que a injustiça dói
Nós somos madeira-de-lei que cupim não rói[6].

6 Letra de frevo pernambucano.

Foi quando eu prometi:

Eu sou madeira-de-lei. Não serei destruída por tão pouco. Está ouvindo, encosto maldito? Pode parar de rir. Pode parar de cantar vitória. Não é agora que você vai ganhar de mim. Vou me levantar. O que não me mata, me fortalece. Meu sonho continua aqui. Eu vou encontrar a minha voz. Agora eu vou encontrar outro caminho. E dar outro passo. E fazer isso quantas vezes forem necessárias.

É por isso que estou aqui, com ou sem encosto. E aqui ficarei, até dar certo.

Não tenho ilusões. Não muitas. Sei que vai ser difícil. Eu preciso aprender tudo, e "tudo" no nosso currículo é muita coisa. Nem sei como cabe tanta informação e conteúdo na cabeça de alguém. Mas vou me esforçar ao máximo. Há de funcionar. Não é possível que uma vez na vida os dados do universo não possam jogar a meu favor...

Até parece.

É só chegar à escola, que descubro o que *ele* aprontou.

Pobre Talita.

Nossa amizade finalmente cobrou o seu preço.

12.

O pai dela ganhou desta vez. Não houve argumento que o convencesse. Agora Talita trabalha com ele, vendendo sei lá o que sei lá onde. E não teve irmão para salvá-la. Na casa dela estão todos trabalhando; ninguém passou do nono ano na escola.

Agora, só nos vemos no fim de semana...

No começo, toda vez que ela me via, chorava. Eu lembro a ela que a escola existe, e que também existe um mundo em que tudo o que parece perdido pode ser reencontrado. Como não sofrer? Ela deita no meu colo e chora até cansar. E eu sinto a minha raiva aumentar. É muita sacanagem que tenha que ser assim. Mas com a raiva, vem a culpa. Eu e a minha capacidade de contaminar tudo à minha volta com o vírus do fracasso. *Ele* tem o dom de exacerbar a próxima ruindade. Não basta me ter. *Ele* sai destruindo todos à minha volta. Para passar o tédio, talvez? Ou será somente maldade?

Aliso seus cabelos enquanto ela chora. Agora é a minha vez. Minha querida Talita e seus olhos d'água. Ela ficou assim uns vinte dias... Então, o choro secou. E no seu lugar, veio algo muito pior: a resignação.

— Deus sabe o que faz, Jana. A escola não deve ser para mim. Hoje me sinto uma boa filha, pois ajudo o meu pai. E daqui a pouco Ele abrirá uma porta para mim. Ele está no comando. Pela mão Dele, tudo dará certo.

Assim ela me mata.

Não suporto esse tipo de relação com a fé, que faz a pessoa aceitar qualquer coisa que jogam na sua cabeça. Especialmente se a decisão não foi divina, mas de um ser humano limitado, mortal e imbecil.

Cada vez mais Talita se prende no caminho que o pai dela traçou. Daqui a pouco estará casada e com filhos. Com um homem mais velho, de preferência, que seja capaz de ajudar a sustentar toda a família. O pastor cobra o dízimo dos fiéis. O pai dela cobra o dízimo das filhas. E ninguém pode se revoltar, porque é pecado mortal desobedecer ao pai.

Dessa vez, meu encosto levou a melhor.

Me desculpe, Talita. A culpa é minha.

Eu não tinha nada que ter nascido com esse encosto miserável. Mas não teve jeito... Além da sexta-feira 13, olha como eu nasci! A sorte já esqueceu de mim desde o dia em que vim ao mundo. Minha sina é viver desse jeito cão, lutando para escapar das desgraças que *ele* coloca para mim no meio do caminho. E meu encosto é tão eficiente que, quando escapo *dele*, *ele* pega alguém perto de mim. Alguém desprevenido. E daí, com a dor, eu sinto culpa.

Adeus, inocência. Eu não tenho chance nenhuma. A cada passo que dou, *ele* tem que me dar uma rasteira com força. Irrita. E doí. Preciso sempre reunir uma força imensa para me reerguer. Só para me estatelar de novo. É uma dança sádica essa que *ele* me faz dançar.

Eu estou cansada.

Desculpe, minha Compadecida.

Quero simplesmente desistir.

Pode?

13.

MINHA BELA,

NÃO ME TOME POR UM PRINCIPIANTE.
EU ACOMPANHO SUA GENTE HÁ MUITO TEMPO.
OBSERVANDO.
ENREDANDO.
UNS ÀS VEZES ESCAPAM, MAS É MUITO RARO.
OUTROS ACHAM QUE VÃO ESCAPAR.
COMO A SUA IRMÃ.
ELA ACREDITOU POR MUITO TEMPO, E EU A DEIXEI SE ILUDIR.
MAS, QUANDO A HORA DELA CHEGOU, FOI COM FORÇA.
CONTUDO, NÃO ME INTERESSA BENEDITA AGORA.
ESTOU FOCADO EM VOCÊ: JANAÍNA.
AS QUE REAGEM E LUTAM MAIS SÃO SEMPRE AS MELHORES VÍTIMAS.
E VOCÊ É UMA GUERREIRA.
POSSO PRESSENTIR.
ACHOU QUE TINHA UMA CHANCE, NÃO FOI?
OUÇA O MEU CONSELHO:
VAI DOER MENOS SE VOCÊ SE RESIGNAR.
ECONOMIZE O MEU TEMPO E O SEU.
ANDO MEIO OCUPADO, TENHO PRESSA.
PRESSA PARA VOCÊ ENTENDER LOGO QUE SEU LUGAR É JUNTO A MIM.
POR ISSO, VOU APERTAR MAIS UM POUQUINHO.

SEMPRE SEU.

14.

Eu hoje estava subindo as escadas da escola quando senti um estalo e um fraquejo. Aquela fisgada me fez parar imediatamente. Pareceu que meu corpo ia desmontar. Tipo uma boneca de pano. Não entendi nada. Respirei fundo e segurei com força no corrimão. Esperei, imóvel, a dor diminuir. Uns quinze minutos de sofrimento. Mas voltei meio bamba ainda... melhorei de tudo, não... cheguei à sala de aula mancando, arrastando a perna direita como deu.

Estou sofrendo com a dor... mas não surpresa... Na verdade ela começou aos poucos, bem devagar, há algum tempo. Nada que é ruim de fato chega rápido. Parte da ruindade está em chegar tão lentamente, que você nem percebe. E aí, quando nota, já é tarde demais. No começo era só um incômodo na hora de me levantar, descer uma escada, correr para pegar o ônibus. E um barulho estranho, como se eu estivesse amassando papel celofane. Mas agora a dor atingiu outro patamar.

Quando cheguei em casa, contei para o papai. Ele ergueu os olhos, pensativo.

— Você devia falar com Antônio José.

Meu irmão não estudou, mas tem lá seus saberes. Diz que a capoeira cuida do corpo e da alma. Tem uma força e uma flexibilidade que nunca vi igual. Nem em mestre Chicão. Benefícios da idade, diz este. Supremacia natural, diz aquele. Enfim, de um jeito ou de outro, Antônio José entende de corpo. Quando ele chegou para o jantar, enquanto o cuscuz cheirava pelo barraco, contei-lhe o acontecido. Ele se sentou do meu lado, pôs a mão no meu joelho direito e disse:

— Levanta a perna. Agora abaixa. Levanta de novo. Sempre faz barulho assim?

— Faz.

— E você nunca achou esquisito?

— Eu não. Eu sou assim. Você acha esquisito ser feio?

— É sério, Janaína. Não devia fazer esse barulho. Deixa eu ver o outro.

Fiz tudo de novo. E o barulho fez de novo também. Só que um pouquinho mais baixo.

Antônio José ficou sério.

— Isso não está bom, não. Eu sinto seu joelho como se estivesse solto... E esse barulho... Faz um favor para mim, Jana: se acocora aí no chão, como se estivesse esperando a roda de capoeira começar.

Olhei para ele com cara de "me poupe". Mas obedeci. Ou melhor: tentei obedecer. Na hora em que me acocorei, senti uma dor terrível e caí sentada no chão.

— Isso não está certo, Jana. Meu pai, acho melhor Janaína ir ao médico.

Meu pai azucrinou tanto o povo da UPA[7], que conseguimos uma consulta com a médica clínica, e ela mandou um pedido de urgência para o especialista lá da Restauração, que mandou fazer uns exames com urgência também. Cada vez que eu ouvia a palavra "urgência", pensava comigo: *Meu Deus, estou ferrada. Quando pobre tem urgência na saúde é porque o negócio está muito feio.*

Não preciso de um diagnóstico de doutor para saber que estou ferrada. Sinto a dor. Sinto as agulhadas. Alguns movimentos, já não consigo mais fazer. Subir escadas, então... é um tormento. Mas me enganei o máximo que pude. Fiquei alimentando a esperança de que fosse algo simples, sem muita importância, resolvido só com um remedinho mais básico, ou com uma novena na igreja... Mas, depois que me mandaram fazer a tal ressonância e eu fiquei quarenta minutos imóvel naquele túnel que apita, comecei a perceber que o negócio era mais sério.

Não é só uma doença besta, não.

É o traste caprichando na maldade.

7 Unidade de Pronto Atendimento.

15.

Menos de dois meses depois da minha acocorada fracassada, estamos aqui, ouvindo a doutora falar.

Agora eu tenho um diagnóstico.

De acordo com ela, é muito simples: eu tenho os joelhos podres. Tipo de defunto velho. Aquele em decomposição, sabe? Comido pelos vermes aos poucos...

Ela não disse isso, é claro. Ela falou, bem séria, para meu pai:

— Janaína tem um problema congênito que provocou nela uma artrose imensamente precoce. Em vinte anos de profissão, nunca vi algo assim. Ela tem dezessete anos, mas os joelhos dela têm setenta ou mais. A articulação já desapareceu, e entre os ossos se formaram bicos de papagaio, que se chocam uns contra os outros quando ela anda ou fica em pé. Daí alguns pedaços se soltam, gerando os picos de dor conforme ela se movimenta. Não existe tratamento eficiente comprovado. Só paliativos. A única saída é uma cirurgia. Vamos tentar marcar pelo SUS[8], mas, em geral, demora. Até lá, ela tem que aguentar.

Ou seja: joelho podre, de velho, caindo aos pedaços, em decomposição. Como um defunto. Entendeu?

Saí da consulta aflita para conseguir pegar emprestado um celular com internet. Estou enlouquecendo de raiva, medo e curiosidade. Preciso de uma segunda opinião qualificada. Antônio me emprestou o dele a muito custo. Seu bem mais precioso. Tesouro sagrado. Teclei no Google: "Artrose". Não é possível que não haja uma saída, uma luz no fim do túnel, um caminho paralelo, uma rota de fuga... Tem que ter alguma coisa. Mas não. Acontece que ficou ainda mais bonito.

A artrose, também chamada de osteoartrite, é uma doença que ataca as articulações, promovendo principalmente o desgaste da cartilagem que recobre as extremidades dos ossos, mas que também danifica outros componentes articulares, como os ligamentos, a membrana sinovial e o líquido sinovial. A cartilagem articular tem por função promover

8 Sistema Único de Saúde.

o deslizamento, sem atrito, entre duas extremidades ósseas durante o movimento de uma articulação. Seu comprometimento pode gerar dor, inchaço e limitação funcional. Apesar de poder danificar qualquer junta do corpo, a artrose afeta mais comumente as articulações das mãos, da coluna, dos joelhos e quadris.

A artrose piora progressivamente com o tempo, e não existe cura. Mas os tratamentos podem retardar a progressão da doença, aliviar a dor e melhorar a função articular[9].

Ótimo. Estou velha. Não tem cura. Dói. Causa uma limitação funcional. Vai piorar com o tempo. Realmente, ótimo. Mas, pera aí... O tratamento pode postergar a progressão. Estou feita! Certeza que tem um tratamento no Sistema Único de Saúde só para este meu caso. Os remédios vão ser de graça em vez de custarem quase quinhentos reais por mês. Baratinho. Baratinho. Bem acessível para alguém como eu. Faz-me rir.

Cara, essa história de artrose me deixou muito puta! É horrível quando rotulam você. E existe um efeito perverso em receber um diagnóstico: você começa a prestar mais atenção aos sinais, então parece que se fica mais doente.

Antes do diagnóstico, era assim: "Vixi, meu joelho está doendo. Não consigo dormir... Deixa isso para lá. Deve ser nada. Vai ver bati e nem percebi". Agora é: "Saco, meu joelho está doendo. Essa artrose maldita. Não tem cura. Virei aleijada. Amanhã vai doer de novo...".

Percebeu? Ficou muito pior.

Resolvi ficar com raiva mesmo e ignorar por completo o diagnóstico de terror e morte precoce que recebi. Nunca aconteceu. Vou levar uma vida normal.

Depois de uma semana digerindo, falei para Talita.

— Bora naquele ensaio do maracatu que vai rolar na praça da igreja?

— Janaína...

— Talita...

— Não é uma boa ideia, tu sabes bem.

Talita sabe de tudo, é claro. Acompanhou cada passo do meu calvário rumo ao diagnóstico.

— Deixa de besteira, mulher. Eu prometo me comportar.

---

9 minhavida.com.br

Deu ruim. Acabei descobrindo que eu não sou uma pessoa de palavra. Não me comportei coisa nenhuma. Larguei Talita em um canto e saí feito louca atrás do maracatu. Pulando, dançando e rodando.

Meu joelho não vai me limitar.

Eu não sou velha.

Nem defunta.

Nem deficiente.

Resultado: Talita ficou sem falar comigo por três dias, de tanta mágoa. E eu fiquei os mesmos três dias sem andar, de tanta dor. Meu irmão chegou no quarto dia com um andador. Daqueles de vovozinha caquética.

— Se você continuar sendo mula empacada e cabeça dura, daqui a pouco só vai andar com um desses. Daí eu quero ver. Você pode não ter cura, Jana, mas uma coisa é óbvia até para mim, que não sou muito esperto: você precisa cuidar do que ainda tem. E provocar o seu corpo não vai te ajudar a fazer isso.

Ouvi em silêncio. E em silêncio, continuei. Eu não vou dar o braço a torcer para ele. Sou orgulhosa demais para isso. E continuo puta da vida.

Agora que reparo em tudo, já sei que subo e desço as escadas parecendo um pinguim, porque fico com as pernas esticadas. Já sei que ando meio mancando, puxando o lado direito, que é o mais estragado. Já sei que levantar de manhã é a pior parte, então fiquei muito mais preguiçosa. Já sei que, se eu dançar, vou pagar um preço alto por isso. Já sei que dói se eu estiver em pé, dói para andar, dói para sentar, dói para levantar. Só não dói se eu ficar deitada. Vou fazer o quê? Passar a vida deitada igual a um defunto? Vou mandar meu pai comprar logo um caixão. Mas digo já que só serve se for dourado e tiver Wi-Fi.

16.

Conforme voltei a andar, a dor deu lugar à raiva. Vou te contar. Sou boa demais nesse negócio de ter raiva. Profissional de carteira assinada. Quando tenho raiva, tenho mesmo. E quem está me dando nos nervos, além deste joelho maldito, é Talita. Não tenho mais paciência para ouvir dela sempre a mesma ladainha. É muita resignação.

— Deixa sua raiva passar, Jana. Aceita o desafio que Deus te deu. Deus nunca dá a ninguém um fardo maior do que ele consegue carregar. Onde Deus fecha uma porta, Ele abre uma janela. Se você continuar com essa raiva toda, vai acabar indo para o inferno... Pedi que meu pai dê mais duzentos reais de dízimo ao pastor este mês, para que ele peça a Deus que você se cure.

Agora foi demais! Duzentos reais? Fala sério, Talita! Você acredita nisso? Se Deus existisse, eu não teria esse joelho de velho podre. Pronto. Legal. Acabei de decidir o que vai de epitáfio na minha lápide:

Janaína Brasil.
Joelhos precocemente mortos.
Ateu praticante.

No fundo, no fundo, com muito esforço, sei que ela só está tentando me ajudar. Eu sei que Talita me ama, que eu a amo e que somos parte uma da outra. Mas não suporto olhar para seus olhos escuros e tristes com pena de mim. Assim como não suporto essa resignação ao que foi definido pelo divino para as nossas vidas humanas e patéticas. Acima de tudo, preciso voltar a minha raiva para algum lugar que não seja em mim mesma. E é claro que Talita é perfeita para isso. Próxima o suficiente para ser alvejada e mansa o suficiente para não revidar. Então, tome porrada.

Só que eu me enganei. Até Talita tem um limite para os maus-tratos. E assim, eu, que na verdade precisava dela mais que tudo, consegui mandá-la para bem longe. Aos poucos ela foi se afastando de mim e da minha ira grosseira.

Quase sem perceber, paramos de nos falar. Às vezes nos cruzamos na praça da igreja, no domingo à tarde. Ela fica me olhando de longe, com aqueles olhos grandes, esperando eu me aproximar. Mas eu não vou. Eu não posso andar, lembra? Ela que venha.

Não existe limite para quanto uma pessoa pode ser abestada, eu sei. Eu tentei encontrá-lo várias vezes. E a única coisa que eu consegui foi ir cada vez mais longe. Sozinha.

17.

MINHA BELA,

AGORA VOCÊ ME DEIXOU ORGULHOSO: ESTÁ CEGA DE RAIVA.
É ASSIM QUE EU GOSTO.
AFASTANDO TODO MUNDO DO SEU LADO.
DEIXANDO O LADO ESCURO VENCER.
PERMITA QUE OUTROS SENTIMENTOS APAREÇAM.
AQUELES QUE LEVAM AS PESSOAS PARA LONGE DE VOCÊ.
E, QUANDO VOCÊ FICAR SOZINHA, VAI FICAR MUITO MAIS FÁCIL PARA MIM.
EU JÁ ESTOU DO SEU LADO, PERCEBE?
QUASE POSSO TOCAR EM VOCÊ.
VOCÊ SABE, LÁ NO FUNDO, QUE NÃO TEM COMO ESCAPAR.
OUTROS PODEM ATÉ TER ALGUMA CHANCE, MAS NÃO VOCÊ.
VOCÊ É MINHA.

SEMPRE SEU.

18.

— Parabéns, meu tesouro! Eu sabia que você ia conseguir! Que orgulho! Oitocentos pontos! Eu não disse, mãe, que ela era um gênio? Eu sabia, minha filha, que estava tudo trancado na sua cabeça. Era só você deixar abrir.

— Seu pai tem razão, Benedita. Foi extraordinário. Até eu tenho que reconhecer que, com uma pontuação dessas, você vai conseguir fazer a faculdade que tanto quer.

Seis meses depois de começarmos nossos estudos juntas, Benedita tirou um notaço no Enem. Era inevitável. Ela sacaneou todo mundo e passou umas cinco vezes na fila da inteligência antes de encarnar. E agora a família toda está bajulando a garota, torcendo para ela conseguir entrar na faculdade que queria com o Prouni. Até a minha mãe está torcendo, veja só. Para ela, Benedita pode ser feliz, ser grande, sonhar. Só eu estou condenada à invisibilidade.

Acontece que o mundo não parou porque eu me tornei um ser em decomposição. Assim como acontece que nem todo mundo nasceu para a desgraça feito eu. Alguns se dão bem na vida, o que chega a ser irritante. Especialmente se esses *uns* saíram do mesmo buraco em que você está. Pronto, mais uma coisa que o lazarento fez comigo. Me tornou um ser recalcado. Mas não posso mentir. Sinto inveja. Pior que ser invejosa é ser uma invejosa hipócrita.

Por conta desse sentimento vil que agora me ocupa, não consegui nem fazer de conta que fiquei feliz por Benedita. Dei uns parabéns, assim meio sem graça, e fechei a cara no meu canto. Benedita ficou triste comigo. Azar o dela. Eu não tenho obrigação nenhuma de bajular os outros. Cada um com seus problemas e conquistas. Não ganhei nada com o fato de ela ter tirado um notão. Então, não tenho o que comemorar.

— Jana, eu quero falar com você...

— Que bom para você, mas eu não tenho o menor interesse em conversar.

— Então não conversa. Só me escuta.

Eu a olho nos olhos. Ela: pura súplica. Eu: pedra e furor.

— Acho que você gastou toda a sua inteligência no Enem. Está ficando burra agora, não é? Eu não quero ouvir nenhuma baboseira que você queira me dizer. Pode guardar.

E saio do barraco, mas não sem antes perceber que Benedita estava chorando em silêncio no sofá.

Desço a rua correndo para tentar fugir de mim mesma e da vergonha que me consome. Olha pra mim! O que estou fazendo? Estou agourando a minha própria irmã? É isso que eu vou me tornar? Esse tipo de gente amargurada, mesquinha e inútil? Vou me tornar pior que a minha mãe? Não posso. Esta não sou eu. Eu não sou malvada. Eu não sou mesquinha. Se eu ceder a esse sentimento, *ele* ganhará.

Choro escondida atrás da igreja por uns dez minutos. Um recorde pessoal. Meus joelhos latejam de dor. Eu sei que não posso correr. A dor física soma-se à dor da minha alma.

Depois que a minha respiração se normaliza, volto para casa. Benedita está exatamente onde eu a deixei, até porque não tem para onde ir no nosso único cômodo. Mas não chora mais. Só parece ausente. Entro no barraco e ela nem me olha. Eu me ajoelho no chão à sua frente. Seguro as suas mãos enquanto ela me ignora solenemente.

— Me desculpa, por favor... — sussurro e recomeço a chorar.

Ela se senta no chão ao meu lado e me põe no seu colo, como se eu fosse uma criança pequena.

— Não deixe a dor transformar você, minha querida... Senão, daqui a pouco você não terá mais nada. E viver se tornará ainda mais difícil. Eu sei, eu já estive onde você está. Destruída pela dor. Cega de raiva. Encontre a força para sair daí, Jana. Ninguém pode fazer isso por você.

Não respondo, simplesmente porque não há o que dizer. Me deixo ficar assim, em seu colo, como Maria faz. Até que a pequena vem reivindicar o seu lugar junto à mãe, puxando meus cabelos. Poucas coisas são mais eficientes do que a força para se conseguir o que quer.

19.

Chegou o Natal.

E pela primeira vez, Papai Noel nos trouxe um presente de verdade.

Quando eu ouvi papai dizer pela primeira vez que ganhamos o direito de ter uma casa nova, achei que ele estava inventando coisa. Mas agora, com tudo dentro do carreto velho do Seu José, acredito. Chama-se "Minha Casa, Minha Vida". Não, não é um presente. Vamos pagar por ela, mas vamos pagar o que a gente consegue pagar. Cento e vinte meses de cento e cinquenta reais.

Vamos nos mudar.

Era tudo o que eu queria há tanto tempo... mas agora a notícia vem acompanhada da dor e do tormento de subir até o terceiro andar todos os dias. Paciência. Não vou me deixar desanimar por isso... Inventei um jogo: a cada degrau que eu subo, tenho que xingar *ele* de um nome feio... Não posso repetir, então preciso ser criativa. É idiota? Muito! Mas pelo menos alivia a minha raiva.

Demos tanta sorte que parece até pegadinha da televisão. Além de conseguir uma casa, ela fica no mesmo bairro onde morávamos. Então as outras coisas da vida não precisam mudar. Continuarei na mesma escola, continuarei com os mesmos amigos e meus pais continuam pegando os mesmos ônibus. Nada ficou nem mais longe, nem mais perto. Já ajuda muito.

A grande novidade dessa casa é que teremos um quarto para minha mãe e meu pai, e um quarto para mim, meus irmãos e Maria. Além de uma sala. Tudo S-E-P-A-R-A-D-O. Nada mal para quem sempre se dividiu em um único cômodo. Nem sei o que eu vou fazer com tamanha riqueza!

Como meu pai é pedreiro, ele fez alguns ajustes no apartamento para deixá-lo ainda mais bonito! Não vou dormir mais no colchão no chão. Meu pai fez as camas de alvenaria e concreto. Três, uma do lado da outra. Ficou bem apertadinho, mas nós temos as nossas próprias camas. Então, quem é que liga para espaço? Maria dorme na mesma cama com Benedita, é claro.

No fundo do quarto, ele fez cinco prateleiras. Uma é para colocar os nossos livros e materiais de estudo. Papai valoriza demais as coisas da escola, já que ele nunca teve. Tá certo, ele. As outras são uma para cada um de nós, para colocar os seus pertences. Me dei bem. É, encosto: desta vez você perdeu feio. Mesmo considerando a dor nos meus joelhos.

Acho que nunca vi meus pais tão felizes. Acho que nunca vi o bairro tão feliz. Só quando começou o Bolsa Família. O efeito do Bolsa sobre nós foi o mesmo: deu, a cada um, dignidade.

A dignidade é um sentimento maravilhoso. Ela opera milagres dentro do ser humano. Você precisa prestar atenção para ver a diferença e olhar além dos olhos. Aquele povo que andava maltrapilho, com roupas doadas pela igreja, de três vezes o tamanho do seu corpo, a cabeça baixa e os olhos cheios de vergonha, passou a andar altivo, olhos para o céu, roupas coloridas e novas, compradas ou na Feira de Toritama ou no camelódromo lá do centro de Recife, vendida a quilo em bacias.

Dignidade.

Ela tira você da condição de cocô e te torna um ser humano. Uma melhora e tanto, vamos combinar.

20.

Na primeira semana de janeiro saiu a nota da redação do Enem de Benedita. Setecentos e oitenta pontos. Continua com uma pontuação excelente quando a soma com as questões! Qualquer outra pessoa tentaria a federal pelo Sisu, com chance praticamente certa de sucesso. Mas ela não quis nem saber. Disse que é longe de casa e longe de Maria.

Tudo bem que a UFPE[10] é no quinto dos infernos mesmo, mas a verdade secreta, que eu sei, é que ela tem vergonha. Ela não quer se expor a esse ponto. Estou sendo injusta de novo! Vergonha, não. Essa fase já passou. Ela sabe que a culpa não foi dela. A culpa nunca é da mulher, por mais que uns e outros insistam nesse caminho absurdo, limitador, opressor e machista. Ao fazerem isso, culpar a vítima, é como se o crime ocorresse duas vezes. Qual delas é mais dolorosa? Preciso perguntar com jeitinho à Benedita para poder responder. Ela tem medo. Medo do que aconteceu no passado. Ela não consegue ir muito longe sozinha... Sequelas. Segredos. Todos temos um pouco dos dois. Uns mais, outros menos. Por isso ela precisa de uma faculdade aqui perto. Uma dessas que a gente jamais poderia sonhar em pagar para cursar. Até começar o Prouni.

Segundo a Dona Zilu, se tem uma coisa que está aparecendo no Brasil é universidade privada, todas sem fins lucrativos, é claro... E todas têm que ter vaga para nós, o gado invisível. Assim, Benedita vai fazer faculdade. Ela e outros milhares pelo Brasil afora, que nunca na vida se permitiram sonhar com isso. E seus filhos serão filhos de pais com diploma. E a realidade deles será outra.

Esperamos apreensivos pelo resultado da inscrição no Prouni — não pela nota, mas por receio mesmo de que alguma zica sem explicação aconteça. Mas, já que um raio não cai duas vezes no mesmo lugar, e como às vezes até mesmo o *coisa ruim* bobeia, dessa vez dá certo! Benedita conseguiu uma vaga na faculdade mais próxima. Pedagogia. Vai ser professora de sonhos. Nunca vi meu pai tão orgulhoso. Pôs até

10 Universidade Federal de Pernambuco.

a roupa de domingo e saiu de casa com Benedita pelo braço para fazer a matrícula.

Agora estou contente por Benedita, de verdade. Ela esperou tanto! Ela foi tão fundo no poço... Mas então, tudo vai mudar. Ela assumiu o destino dela. Com algum atraso, com alguma dor, com algumas marcas, mas assumiu. "Daqui pra frente, tudo vai ser diferente...", ela cantava enquanto se arrumava para a matrícula. Apropriado, eu diria. Ainda que eu não seja fã de Lulu Santos...

Só sobrou um problema: papai acha um absurdo que Maria tenha que ficar com Dona Elvira para que Benedita possa estudar.

— Lugar de criança é na escola, filha... Para brincar e aprender as letras, e não ficar assim feito eu! Não é trancada no barraco o dia todo. Amontoados feito galinhas! Eu vi! Quatro crianças em um berço! Como pode estar certo? E ainda temos que pagar por isso! É um desaforo. Eu já passei por essa situação com vocês pequenos, e agora vamos passar de novo com a minha neta? O mundo tinha que ter andado para a frente, filha.

— Concordo com você, meu pai. —Benedita tenta acalmá-lo com a sua voz mais doce. — Era tudo o que eu queria, que Maria pudesse ir para a escola, onde além de estudo, tem comida de verdade... Mas faço o quê se não tem?

— Desse jeito não vale a pena você trabalhar, mulher. — Ele se volta agora para mamãe. — Melhor você ficar em casa com Maria, mulher, enquanto Benedita estuda.

— Até parece!

Ah não! Agora ele vai conseguir deixar mamãe doida!

— E como você vai sustentar a gente com a miséria que tu ganha por mês, marido? Vamos passar fome. Não adianta. Não tem a creche, mas tem Elvira. E eu vou trabalhar. Já é muito eu aceitar essa presepada toda dessas meninas! Não sei como farei para vender sozinha as marmitas no terminal... E tu ainda me vem com uma sugestão dessa, homem?

Os olhos de mamãe brilham, com a lava bem na borda das pálpebras, doida para chamuscar alguém. Pior é que a minha mãe tem razão. Não tem como evitar. Basta dar uma olhada no nosso bairro... A maioria das casas é sustentada pelas mulheres. Raras são as famílias em que os pais continuam junto, feito aqui em casa... Os homens vazam, trocam de família, mudam de cidade, sei lá... Onde os filhos pequenos vão ficar quando elas forem trabalhar, se não tem vaga na creche? As mulheres precisam dar seus pulos e sustentar seus lares. Ficar sem trabalhar não é a solução. É aumentar o problema. Mas meu pai também tem razão. Não está certo que, para as mães poderem trabalhar, as crianças tenham que ficar em qualquer lugar. As mães trabalham e outros problemas são criados.

Papai percebe o perigo dos pontos que mamãe trouxe... e se volta de novo para Benedita.

— E a creche perto da praça, filha?

— Está lotada, pai. Dois anos de espera, se tiver muita sorte.

— E o bairro aqui do lado, onde mora o Tonho? Tem vaga não?

— Tem não, homem teimoso. Você acha que eu não fui lá ver?

— Assunto encerrado, marido. Agora come o teu feijão, que está ficando frio. Para de sonhar e enche teu bucho enquanto tem o que botar dentro dele.

Com a sua delicadeza usual, mamãe deu fim ao assunto, e eu agradeci imensamente em silêncio. Meu coração estava gelado desde que a conversa começou, esperando todos perceberem que agora teremos um aumento de custos com Maria na cuidadora, e que a única disponível para ajudar mamãe no terminal sou eu. Mas ninguém se lembrou de me colocar nesse assunto... Será que, agora que se acostumou com o trabalho, minha mãe não precisa mais de um ajudante? Estranho... Só pode ser um milagre. O que me deixa bem desconfiada... Tudo anda dando certo demais. Daqui a pouco, *ele* vai aprontar uma daquelas...

Um mês depois da matrícula, antes de as aulas começarem de fato, como se tudo que aconteceu fosse pouco, inauguraram aqui no bairro uma coisa linda. Uma escola toda colorida: branco, azul, vermelho e amarelo. Para estudar, só crianças de zero a seis anos. Maria não precisa de Dona Elvira. Maria vai para o grupo escolar.

Isso só pode ser um delírio.

Alguém me belisca forte, por favor.

Aconteceu muita coisa boa de uma vez só. Será que o peste do encosto foi exonerado do cargo?

Meu coração bate apressado, minha mente se abarrota de ansiedade e expectativa. Isso significa que as coisas vão dar certo para mim também? Ou que as boas fichas já foram todas gastas?

21.

Primeiro dia de aula. O terceiro ano começou. Meu coração bate feliz dentro do peito. É agora. O ano em que o meu futuro se decide.

Minha alegria matinal tem também outra razão, um bônus. Tchau, coisa velha! A escola agora é num prédio recém-inaugurado perto do terminal de ônibus. Muito legal por várias razões, mas a primeira é que lá é mais seguro. Ninguém gosta de correr risco de vida para estudar. A gente se acostuma, mas não gosta.

Acontece que a nossa escola ficava bem pertinho da rota de fuga favorita dos bandidos do bairro, aquela que eles usam quando resolvem tretar entre si, ou quando a polícia decide visitar nossa comunidade. Aí rola aquele Deus nos acuda! Gente correndo e bala perdida para tudo quanto é lado. Sempre sobra para alguém no final. Especialmente para os meninos do Samu[11], que têm uma trabalheira danada para passar no meio das vielas apertadas e quentes, carregando os corpos.

A chegada da polícia aumenta a violência, em vez de reduzi-la. Seria cômico se não fosse trágico. Coisas do mundo dos homens. E do Brasil, onde as coisas insistem em ter seu próprio jeitinho.

Minha mãe diz que tem bandido em todo lugar. Mas eu sei que aqui na várzea tem mais. Basta ver a quantidade de vezes que a polícia aparece por aqui para fazer batida. E a quantidade de vezes que o Samu vem buscar os corpos. Nessas horas sempre junta uma galera para ver os sacos pretos descendo a rua. E eu *o* vejo no meio deles. Agourando os outros. E me procurando. Por isso, ando nas sombras. Quem sabe *ele* não me vê e, assim, me deixa bem quietinha?

Calço com cuidado as minhas sandálias azuis. Para dar sorte. Assim como me deram no meu primeiro dia de escola, tantos anos atrás. Elas são um jeito de eu levar Talita comigo para a escola... Nossa briga é uma lembrança amarga. Paciência. Nunca fui muito fã de doce mesmo.

Fecho os olhos e me deixo voltar no tempo.

Finalmente estou pronta. Usando pela primeira vez, com muito orgulho, meu uniforme azul e branco do grupo escolar. Pedi tanto,

11 Serviço de Atendimento Móvel de Urgência.

tanto, tanto, com aquela insistência que só uma mulher determinada é capaz, que meu pai comprou para mim uma sandália azul. Eu sei que não tem importância nenhuma, mas eu queria uma sandália azul. A culpa é do meu pai, que me levou pro carnaval de Olinda. E eu acabei ouvindo aquela música que uma avozinha cantava baixinho, enquanto eu comia meu pedaço de queijo coalho assado na lata, sentada no batente da rua:

Então, pintei de azul os meus sapatos, por não poder de azul pintar as ruas; depois, vesti meus gestos insensatos, e colori as minhas mãos e as tuas[12].

Desde então, eu quis um sapato azul. Fazer o quê?

Enquanto eu me arrumava para o primeiro dia de aula, fui só ansiedade e expectativa. E cabelo. Cara, eu sou muito cabeluda. Meu pai sempre arruma o meu cabelo com orgulho. Diz que é a minha coroa real. Passa o creme com cuidado entre os cachos apertados enquanto canta. E depois enfeita tudo com fivelas ou fitas. Para o dia tão especial, colocamos fitas azuis, no mesmo tom da sandália. Eu gosto da ideia de ter uma coroa. É muito melhor do que ter um cabelo ruim. Quem inventou isso? Cabelo ruim? Cabelo ruim é o que caiu da cabeça. Cabelo ruim é o que nasce em cima de uma cabeça de alma ruim. Mesmo que seja liso escorrido.

Pronta! Me levanto feliz, coloco a mochila nas costas e desço com cuidado as escadas. A verdade é que estou animada, mas também um tanto assustada com a quantidade de matéria que tem para estudar. Ainda bem que Benedita vai me ajudar; mesmo fazendo faculdade, ela prometeu arrumar um tempinho para mim... porque, se dependesse só dos professores da escola, eu estaria ferrada; não passava, não. Alguns deles são perfeitos, como Dona Ana, Raquel, Zé Dudu. Outros... só para ter raiva que servem... Mas eu tenho Benedita. E tenho outra coisa que faz muita diferença, como uma moeda da sorte: a certeza de que sei aonde quero ir.

Li uma coisa no final do ano passado no livro de sociologia, e ela não sai da minha cabeça... Parecia que as letras estavam falando diretamente para mim:

---

12 O *Soneto do Desmantelo Azul*, de Carlos Pena Filho, tornou-se hino do bloco Desmantelo Azul, que sai no carnaval de Olinda.

É um direito de todo cidadão saber seus direitos e deveres. Saber o que seu país tem para dar a ele. E o que deveria ter e não tem. Saber a quem pedir. Saber de quem cobrar. Quanto mais de nós soubermos, maior será a transformação. Quem sabe, faz. Quem sabe, cobra. Quem sabe, não se deixa ser enganado. A informação nos liberta, nos dá voz.

Fiquei remoendo isso e, enfim, entendi. O meu caminho. Eu sempre soube que queria ter voz. Mas agora eu sei para quê. Agora eu sei como quero falar e para quem. Eu quero entender como funciona o meu país, seus governos, suas políticas. E quero traduzir isso para o meu povo. Quero explicar as coisas, para que gente como eu consiga entender essa lambança, se apropriar dos seus direitos e cobrar de quem deve aquilo que é devido. Quero trazer informação. E com ela a voz, minha e dos meus. Até que, quem sabe, deixemos de ser gado invisível e mudemos para a categoria de *homo sapiens pobris relevantis*.

Descobrir o meu caminho me deu determinação para estudar. Quando você não sabe para onde vai, qualquer caminho serve. E daí, em geral, é um tal de dar voltas sem fim sobre o mesmo ponto. Ou andar em ziguezague. Não adianta. O universo só abre caminho bom para quem sabe para onde vai! Por isso, eu vou me dedicar. Todos os dias. Fim de semana, feriado, férias. Chuva ou sol. Vou aproveitar todo tempo para estudar. Depois de pular o carnaval, é claro. Para um bom pernambucano, existe sempre um limite em relação ao que é possível abdicar. Até porque o carnaval é logo agora no começo de fevereiro.

O Enem é no começo de novembro. Depois dele, eu relaxo e curto o ano que "perdi" estudando, do jeito que der para curtir com meus joelhos de defunto, nada muito radical. E quem sabe me distraio para conseguir superar os dois meses esperando o Sisu abrir, com o coração na mão.

Além da escola e das lições de casa, planejei que vou estudar no mínimo mais quatro horas por dia. Fazer o resumo de tudo o que leio. E, depois, o resumo do resumo. Meu pai já sabe: pode faltar dinheiro para a farinha, mas não pode faltar para os meus cadernos.

— Meu pai me deu dois cadernos tão lindos! Tu precisas de ver, Talita. A capa é a tal da Frida. Tem uma frase muito legal escrita na capa: "Onde não puderes amar, não te demores". Achei o máximo. Mesmo que eu não ame ninguém. Claro que eu te amo, né, Talita? Mas bem que você podia vir estudar comigo para ficar mais divertido...

Tenho conversas das mais variadas com ela, agora que não nos falamos. E todas terminam do mesmo jeito.

— Talita, sua teimosa... Custava deixar de lado o que eu possa ter feito com você e vir se desculpar? Sinto a sua falta todos os dias. Mas você sabe que eu sempre fui a arrogante da nossa relação. Então, a responsabilidade de reatar é sua.

Meu consciente e meu inconsciente não aceitam varrições nesse roteiro. E daí que fui eu que briguei com ela? Eu sou a aleijada; mereço alguma compaixão.

Um dia desses vou ter que deixar de ser topetuda e subir até a casa dela para a gente conversar. Mas não hoje. Foi mal, meus joelhos estão doendo.

22.

— Bora, Jana? — diz Madalena enquanto sobe as escadas, me ajudando a trazer as compras do mercadinho pedidas pelo meu pai.

— Bora. Me dá meia hora e pode passar aqui.

Eu não devia. Eu sei que não devia. Às vezes parece que não aprendo nada. Mas não consegui evitar. Neste ano o carnaval será especial. Já tenho dezessete. Cumpri a exigência mínima do meu pai para poder brincar carnaval sozinha. Com ou sem joelhos podres, eu vou! Não vou pular o frevo desta vez, eu prometo, de verdade. Vou só subir e descer ladeira bem tranquilinha e ver os blocos passarem. Espero que Deus não se zangue comigo. E, se Ele se zangar, espero que o castigo seja bem levezinho.

Eu fiz a minha parte.... no que dava... me cuidei nesse meio-tempo. Antônio José me ensinou uns exercícios de alongamento para fazer ao acordar e uns tais de isométricos, para dar força. Eu obedeço e faço todo dia. A visão daquele andador de vovozinha me persegue. E, com o meu encosto, sei que não posso bobear, senão *ele* me pega de jeito. Se eu não me cuidar, vou usar o famigerado andador na minha formatura da faculdade. Aquela, que eu vou conseguir fazer.

Aguardo esse carnaval faz tanto tempo... Antônio José e Benedita sempre esfregam na minha cara que eles podem ir sozinhos e eu não. Neste ano, Benedita não vai pular de novo. É obvio. Por Maria. Já Antônio José resolveu inovar e deixou meu pai muito puto. Foi passar o carnaval em Salvador! Nada ofende mais um pernambucano do que ver um filho preferir axé a frevo. Se a gente fosse ter qualquer herança, para além do nosso sobrenome, Antônio José seria deserdado. Certeza. Já que estou sem companhia familiar, para desespero da minha mãe, vamos somente eu e Madalena. Eu sinto muito. A regra sempre foi: precisa ter dezessete anos, e não precisa ir com um amigo em quem sua mãe confie. Então, azar. Nem ligo para a cara feia dela.

Aqui no bairro sai um maracatu rural até bonito. Mas quero ir nos blocos de frevo tradicionais. Eu e Madalena não vamos para o *Galo da Madrugada*, não. Lá é muita loucura, com mais de um milhão de pessoas naquele sol de rachar. Vamos para Olinda, passear na Ribeira e nos Quatro Cantos, e sair no *Eu acho é pouco*.

Agora vamos falar sério. Carnaval em Pernambuco não é coisa para amador. Tem que ter fantasia, pintar o rosto e saber fazer o passo. Se não for assim, nem saia de casa. Fui mais de um mês a pé para a escola no ano passado, com joelho podre mesmo, só para economizar o dinheiro da passagem e usar tudo para comprar o material da fantasia deste ano. E mais outro tanto de dias para juntar o dinheiro que preciso para o ônibus e para comer e beber durante a folia. Tem que gostar de verdade da alegria do frevo para fazer o sacrifício. Eu fiz brincando. Faria de novo pelo dobro do tempo, se necessário.

Aproveito a meia hora para terminar a minha fantasia de rainha, colando as últimas lantejoulas na blusa. Cortei uma camiseta básica na altura da cintura e na gola para ficar mais moderninha... Colei glitter e lantejoula nela toda! Agora brilha feito o sol. Fiz uma saia com retalhos de tecidos amarelos que comprei de baciada na barraca da Dona Nena, amarrados como se fossem lenços em torno de um elástico grosso. O dinheiro não dava para comprar a saia de filó que eu queria... então improvisei. Ficou bom, se eu usar um short por baixo... Eu já tenho a minha linda coroa natural, negra e cacheada. Enrolo no cabelo uma fita dourada cheia de apliques de lantejoulas ouro e prata. Me olho no espelho do banheiro: linda! Rainha Oxum.

Madalena chegou. Está fantasiada de palhaço. Combina com ela. Não porque os palhaços são engraçados, mas porque eles são tristes. Madá é assim. Faz todo mundo rir para ocultar a tristeza dela. Mas eu vejo. Assim como vejo os roxos no braço e nas pernas, ainda que ela às vezes use manga longa e calças. Quem usa uma roupa dessas nos quarenta graus do Recife se não tiver algo a esconder? Hoje é dia de alegria. Não vamos falar de tristeza, não.

Antes de eu sair, meu pai me chamou de canto e deu a sua única recomendação:

— Minha filha, só tome bebidas que tiverem um químico responsável.

Sabedorias da vida.

Ele só não sabe que eu não bebo.

Estamos prontas. Nós nos damos as mãos e saímos. Vamos no ônibus durante quase duas horas de trajeto, dividindo um fone e ouvindo nossa música favorita repetidas vezes. Lenine e a sua capacidade de falar ao meu coração.

Eu sou mameluco, sou de Casa Forte
Sou de Pernambuco, eu sou o Leão do Norte

Pronto. Decidi. Ano que vem, vou pular fantasiada de leão.

Foram quatro dias de folia. Usei minha fantasia de rainha duas vezes. Nos outros dois dias, só pintei o rosto mesmo: uma máscara de borboleta. Adoro a capacidade delas de transformação, e morro de dó da brevidade de suas vidas. As ruas absolutamente lotadas. Gente, gente, gente. As fitas coloridas no céu. A alegria dos blocos. Um calor dos infernos. Me diverti muito. Aprendi muito. Paguei um preço imediato, é obvio. Mesmo sem dar um único pulo, no quarto dia meus joelhos pareciam duas bolas de futebol, antes mesmo de sair de casa... Culpa do sobe e desce ladeira... Mas não mudei a programação. Cheguei a Olinda, sentei num pedaço vazio da calçada na frente da Praça do Carmo e lá fiquei. Só vendo os blocos passarem... Junto com o povo. Meu povo. Nosso carnaval pernambucano é lindo assim porque é verdadeiro. Feito por gente como eu. Pulado por gente como eu. Apesar de que essa gente como eu estava mais nas calçadas do que nos blocos. Vendendo cerveja, água, queijo coalho, salsichão e outras coisas mais. Esses são os que têm sorte na vida. Os que foram dominados por seus encostos estão pelos blocos. Recolhendo latinhas do chão enquanto o povo pula. Sim. O carnaval é belo. Mas é real. E a realidade é dura, magra e fedida.

Lógico que Madalena não aguentou ficar comigo, só observando na beira da calçada. Perto da hora do almoço, ela se irritou e foi até a Ribeira procurar um bloco. Foi e não voltou mais. Esperei até as cinco da tarde e nada. Foi quando apareceu uma menina que eu não conhecia e me disse:

— Oi, menina. Tu chama Janaína, não é?

— Sim — respondi, desconfiada.

— Madalena pediu para te avisar que ela achou um gatinho e vai demorar para voltar. Tu podes ir, antes que escureça.

— Está certo. Agora, quem é você?

— Sou amiga dela. Estávamos juntas lá na Ribeira. Olha aqui, ó. — E mostrou no celular uma foto das duas, que, pela roupa de Madalena, foi tirada hoje.

— Então tá — respondo sem duvidar.

Nosso trato era de que, se a gente se perdesse uma da outra, sem querer ou de propósito, deveríamos esperar no ponto de ônibus por uma hora, das dezessete às dezoito. Não chegou? Pode ir. Carnaval tem imprevistos. Não dá para fazer tudo grudado. Por isso, relaxei e fui embora. Por isso, ela nunca mais voltou.

Não me sinto culpada, não. Tive foi orgulho dela. O carnaval foi o jeito dela de se despedir de mim. Teria feito a mesma coisa. Madalena não suportava mais. As coisas ficaram piores depois que o irmão dela morreu. Ninguém vai morar na rua porque acha divertido. É duro e sofrido. Você só escolhe a rua se precisar fugir de algo. Ela, como quase todos os outros que lá estão, fugiu da situação insustentável em que vivia. O padrasto dela ficou muito puto quando ela não voltou para casa depois da Quarta-Feira de Cinzas. E a mãe... aliviada. Mas não pelos motivos que você pensa. Aliviada de não ter mais concorrência, isso sim. Se ela não fugisse, acho que a mãe dela ia colocá-la para fora. Isso acontece muito também. Mulher louca. Além de não defender a filha, culpa a menina. Mais uma razão para fugir.

Agora rezo por ela toda noite.

Senhor
Cuida de Madalena.
Que ela consiga aguentar.
Que ela sofra menos.
Que ela não vire puta.
Que ela não vire viciada.
Que não apareça outro homem para abusar dela.

Pobre de Deus. A tarefa que peço a Ele é impossível.

23.

MINHA BELA,

VOCÊ REALMENTE ME SURPREENDEU.
PELA OUSADIA.
E PELA BURRICE.
VOCÊ ESTÁ COMEÇANDO A GANHAR FORÇAS, A ME QUESTIONAR.
AGORA TEREI QUE APELAR.
VAI DOER. MUITO. E POR MUITO TEMPO.
JÁ ERA PARA VOCÊ TER COMEÇADO A JOGAR DO MEU JEITO.
NÃO DO SEU.
MAS NÃO.
APROXIMA-SE O MOMENTO CRUCIAL DA NOSSA RELAÇÃO.
VOCÊ ESTÁ CHEGANDO À IDADE CERTA.
MINHA PREFERIDA.
FRESCA COMO UMA FLOR.
TUDO PELA FRENTE.
OU NADA.
DEPENDE DO QUANTO EU TOMAR DE VOCÊ.
ENTÃO, LEVAREI TUDO O QUE IMPORTA.
SÓ RESTARÁ A DOR.
VOCÊ VAI QUERER MORRER.
ESPERO QUE VOCÊ FIQUE FURIOSA.
E, QUANDO ISSO ACONTECER, LEMBRE-SE DE QUE A CULPA É SUA.

SEMPRE SEU.

24.

Logo depois do carnaval, aconteceu algo absolutamente inesperado: eu me apaixonei. Perdidamente. Fui pega de surpresa. A professora de filosofia saiu de licença-maternidade. E Dona Júlia chegou.

Ela é o máximo. Parece que já leu todos os livros do mundo. E lembra deles, o que é mais assustador. Conta tantas histórias sobre tanta coisa, que faz a gente viajar. Começa toda aula com um recadinho na lousa: "Hoje é um bom dia para pensar". Ela faz por nós aquilo que ninguém faz... Ela faz a gente se sentir gente.

Se você, como eu, cresceu assim, na parte da mundiça do Brasil... longe do ar-condicionado, dos quartos com suíte, dos carros novos com acessórios, e por aí vai... sabe que às vezes a gente não se sente gente. Parece que ninguém te vê. Parece que ninguém se importa com você. Nem Deus. Só quem se importa é o coisa ruim, que vive tentando teus amigos, e toda semana leva pelo menos um para as terras dele.

A gente nasce, e não faz diferença.

A gente vive, e não faz diferença.

A gente morre, e não faz diferença.

Então, a gente não é gente.

Somos só uma coisa que habita o mundo.

E um dia vai desabitar.

Dona Júlia nos trata de forma diferente. Com carinho. Com atenção. Ela escuta. E fala. E nos provoca. Nos provoca a pensar, a ter opinião. Quem tem opinião tem voz. Quem tem voz não tem medo. Quem tem voz existe.

É por isso que ela tem todo o meu amor e a minha admiração.

Eu já tinha percebido na primeira aula que ela era o máximo, mas hoje foi demais. Três aulas. Foi o tempo que ela precisou para se tornar a soberana do meu coração.

Desde que começou o ano, toda sexta-feira a diretora coloca os alunos no pátio para cantar o hino nacional. Ela diz que um povo precisa conhecer e amar os seus símbolos da pátria. Eu até gosto, porque sempre achei o hino lindo; eu o decorei aos nove anos. Mas a maioria dos moleques não leva a sério e acha um saco ficar de pé durante os míseros cinco minutos necessários... Como não basta passar uma obrigação para os alunos, a Dona Zilu também deu uma obrigação para os professores. Antes do hino, um deles precisa fazer um discurso. Em geral, eles falam umas duas ou três palavras, loucos para se livrar daquela função. Mas Dona Júlia sempre precisava ser diferente. Acho que esse negócio de pensar todo dia realmente transforma a pessoa em algo único.

Para começar, ela iniciou dizendo que chora ao ouvir o hino. Oi? Adulto chora? Depois, ela pediu licença:

— Meninos, eu não vou falar. Peço licença para que outro fale por mim. Um mestre. Leio este papel todos os dias quando acordo. Vocês deveriam fazer o mesmo.

NOSSOS MEDOS
Nelson Mandela

Nosso medo mais profundo não é o de sermos inadequados. Nosso medo mais profundo é que somos poderosos além de qualquer medida.

É a nossa luz, não as nossas trevas, o que mais nos apavora.

Nós nos perguntamos: quem sou eu para ser brilhante, maravilhoso, talentoso e fabuloso?

Na realidade, quem é você para não ser?

Você se fazer de pequeno não ajuda o mundo.

Não há iluminação em se encolher para que os outros não se sintam inseguros quando estão perto de você.

Você é filho do universo. Nascemos para manifestar a sua glória que está dentro de nós. E, conforme deixamos nossa própria luz brilhar, inconscientemente damos às outras pessoas, permissão para fazer o mesmo.

E, conforme nos libertamos do nosso medo, nossa presença automaticamente liberta os outros.

Eu não sei o resto dos meus colegas, mas eu chorei. E, assim que pude, coloquei no Google: "Mandela discurso luz". Copiei com cuidado em um pedaço de papel e o guardei embaixo do meu travesseiro, dentro de um daqueles plásticos de pasta. Leio todo dia. Ao acordar e ao dormir. Para decorar. Para não esquecer.

Eu esqueci a minha luz por tempo demais. Fui consumida por essa raiva idiota. Não vai acontecer de novo.

Eu quero ser luz.
Eu quero brilhar.
Eu quero ter voz.
Eu quero fazer as pazes com Talita.

Entrei toda nervosa na papelaria do Seu Tonho, para usar a internet. Ele nunca me vê por aqui, deve ter achado estranho... mas não disse nada. Recebeu os dois reais e me comunicou: "Você tem uma hora". Tomei coragem e procurei Talita no Messenger. Eu não sou de perder meu tempo em redes sociais, mas agora é por um bom motivo. A verdade é que me ajuda muito... é muito mais fácil ter coragem por escrito do que falando ao vivo.

Eu: Oi.
Eu: Quero falar contigo.
Eu: Chega disso tudo.
Eu: Fala comigo.

Trinta minutos se passam, e nada...

Calma, mantenha a calma.

Estou contando os minutos que faltam e vendo um clipe da Anitta no YouTube, quando ouço o Messenger apitar.

Talita: Confesse.
Eu: Fui tabacuda.
Talita: Agora peça.
Eu: Me desculpe.
Talita: Tá desculpada. Quem ama, perdoa.
Eu: Então você ainda me ama?
Talita: Deixe de ser besta.
Talita: Nunca deixei de te amar.
Talita: Vou no ensaio do coral da igreja agora. Falamos quando eu voltar.

Mas ela nunca voltou.

25.

Homem abre fogo dentro de igreja na periferia de Recife e deixa mortos e feridos[13]

Recife, 11 de março de 2016 — Reportagem local

Ontem, no final da tarde, um crime cruel marcou a história do Recife. Testemunhas relatam que o atirador esteve presente durante todo o culto e, ao final, disparou aleatoriamente contra as pessoas que estavam na Igreja Arqueiros de Cristo, no bairro de Várzea, na periferia do Recife, por volta de 18h deste dia 13 de abril.

Nove pessoas morreram, entre elas o próprio atirador, que, de acordo com a polícia, se matou com um tiro. Outras oito pessoas ficaram feridas.

O crime chocou a grande Recife e trouxe consternação, especialmente pela presença de oito adolescentes entre os mortos e feridos, com idades entre quatorze e dezessete anos.

Os jovens assistiam ao culto após seu ensaio do coral da juventude, ocorrido meia hora antes do tiroteio. Cinco jovens foram mortos. Os demais estão no hospital da restauração, sendo dois em estado crítico.

A comunidade está em choque.

O atirador foi identificado pela polícia como o analista de sistemas Markon Azevedo Silva, de quarenta e nove anos, nascido em Paulista.

Segundo o delegado José Roberto Amaral, responsável pelo caso, foi possível identificar o atirador devido ao documento localizado dentro de uma mochila que estava nas suas costas.

O homem não tinha antecedentes criminais registrados na

---

13 Baseado em fatos.

grande Recife. "Era uma pessoa fora de qualquer suspeita em circunstâncias normais", afirmou o delegado.

Um vídeo do circuito interno da igreja, divulgado pela polícia, mostra que o atirador chegou sozinho ao local.

Ele disparou pelo menos dois cartuchos com onze balas cada um, de forma aleatória e por toda a pequena igreja. Outros dois cartuchos não foram utilizados por ele e estavam dentro do bolso da calça.

"Poderia ser maior o número de vítimas se ele tivesse tido a oportunidade de recarregar a arma mais uma vez. É uma tarde de dor para Recife... Mostra um pouco o retrato complexo da nossa sociedade", disse o prefeito, em nota oficial.

A polícia chegou a entrar em confronto com o atirador, que levou um tiro na perna. "Sem a intervenção da polícia, a matança seria ainda maior. Deus nos proteja", disse o delegado.

As imagens são chocantes e não devem ser assistidas por crianças. Elas mostram que alguns fiéis ainda estão sentados orando quando o homem se levanta, de um banco do lado direito ao fundo, e começa a disparar em direção a pessoas que estão nos bancos à sua frente.

Alguns caem de imediato, completamente pegos de surpresa. Uma correria começa do lado oposto da igreja, e ele passa a atirar nas pessoas do outro lado também. Algumas conseguem fugir por uma porta lateral, mas um homem cai em meio à confusão.

O atirador mostra sua frieza. Ele se dirige lentamente ao homem caído enquanto manuseia a arma, parecendo trocar o cartucho. Depois, se aproxima e parece disparar, quase à queima-roupa, na pessoa caída.

Sua violência havia atingido outro patamar. Em seguida, dois policiais entram pela porta da frente e o criminoso corre para os fundos, saindo do alcance da câmera.

"Estamos consternados com essa situação", afirmou o pastor Gabriel Ribeiro, em coletiva de imprensa nesta noite. "O culto acontece às 16h diariamente. Encerrado o culto desta tarde, com a maior parte dos fiéis tendo saído da igreja, aconteceu o episódio de esse rapaz atirar em pessoas que ainda estavam orando no templo", contou.

A igreja e a praça onde esta se localiza foram isoladas. Dezenas de pessoas estão concentradas em frente ao local, junto às fitas de isolamento, com fotos das vítimas e flores. Emoção e tristeza são tocantes.

A Prefeitura do Recife se manifestou por meio de nota: "O prefeito está estarrecido com o brutal crime e dedica suas orações às vítimas e suas famílias. Continuaremos mobilizados, acompanhando os acontecimentos".

26.

Inspiração. Lenta e profundamente. O ar enchendo tudo devagar. Segura. Nenhum movimento. Conto até dez. Expiração. Devagar e com força. Até doer por dentro, porque não tem mais nada para sair. Só a dor do vazio. Inspiração...

Dez vezes.

Eu estou viva.

Eu estou calma.

A minha raiva não controla os meus atos.

A minha dor não me asfixia.

A minha culpa não me consome.

A minha saudade não me paralisa.

Eu busco a gratidão por tudo aquilo que já recebi da vida.

Eu busco a coragem para seguir com a minha luta.

Eu busco a minha voz.

Eu busco a minha luz.

Abro os olhos lentamente depois da minha prece matinal. Retiro de debaixo do meu travesseiro o querido papel, aquele do Mandela, e leio-o mais uma vez. Já sei de cor, mas os pequenos rituais me confortam. Preciso deles agora mais do que antes. Preciso sempre me lembrar de para que lado ir. O lado que ela escolheria.

No dia do enterro foi o meu aniversário de dezoito anos. Ninguém se lembrou, é claro, no meio dessa confusão toda. Ninguém do bem. Porque é lógico que *ele* não deixaria isso passar batido. Teve que dar um recado bem claro para mim.

Todos os dias são difíceis. Meu pai me disse que uma hora vai melhorar. Eu duvido muito. Conheço o vazio dentro do meu peito. Conheço a solidão na minha alma. Mas ela não desistiria. Então, eu também não desistirei. Nem que eu tenha que repetir isso para mim mesma todos os dias, até ficar tão velha quanto meus joelhos.

A sensação que tenho é a de que no bairro estamos todos alternando entre o estado de choque e o desespero. Estamos todos em frangalhos. Todos conhecemos alguém que estava na igreja. Graças aos deuses, os feridos estão bem. Uma hora vão voltar para a escola. Mas voltar para a vida depois do que viram... essa é outra história.

Claro que já vivemos tragédias antes. Basta contar o número de caixões que sai da funerária do bairro todo mês. Mas esta é diferente. É mais cruel. É mais imbecil. É mais injusta. É mais difícil de entender o porquê. Todo mundo entende por que o povo do tráfico se mata. É triste. Mas dá para entender. Agora, quem entende um louco varrido que sai matando as pessoas no final de um culto? Pessoas que ele nem conhece, que nunca fizeram mal a ele? Quase dez anos se preparando...

Meu Deus! Se eu pudesse, matava esse cara.

Certeza que quem o levou daqui foi o *coisa ruim*. Talita, espero que você tenha razão e que exista um inferno bem quente, com uma lista de castigos bem longa e dolorosa. E digo logo: podem arrancar o coro desse capeta, que ele não tem alma, não.

Na escola, as coisas vão se ajeitando aos poucos. Dona Zilu decretou uma semana de luto. Foi pouco. Mas precisamos voltar à normalidade. Se não, teremos mais caixões para velar. Tristeza também mata.

Na volta às aulas depois da tragédia, todos os professores fazem de conta que nada aconteceu. É difícil lidar com a morte. É difícil lidar com a dor. Então, eles simplesmente ignoram. E seguem em frente.

Menos Dona Júlia.

Ela nos espera para a primeira aula da sexta-feira com a sala cheia de flores brancas. Uma em cima de cada carteira. Parada na porta, entrega a cada um três pedaços de papel colorido e uma bexiga. Entramos todos em silêncio. Desconfiados. Ela escreve na lousa: "Hoje é um bom dia para pensar". E adiciona embaixo mais uma linha: "Na vida e na morte".

— Bom dia, meninos. Cada um de vocês recebeu três papéis. Vocês terão quinze minutos. No papel branco, escrevam algo pelo qual se sentem gratos. No papel vermelho, algo de que sentem raiva. No papel azul, escrevam algo que gostariam de dizer para alguém que já se foi. Dobrem os três com cuidado e coloquem dentro da bexiga. Quem quiser pode mostrar ao colega o que escreveu. Mas façam em silêncio. Não vou admitir bagunça.

Eu escrevi os meus com muito cuidado.

Sou grata pela nossa amizade. Pelos dezessete anos que passamos juntas. Pelas risadas. Pelos seus olhos tristes.

Tenho raiva de você ter morrido de um jeito tão idiota. Tenho raiva da saudade que sinto de você e de saber que ela não vai acabar nunca. Tenho raiva de mim por ter brigado com você. Tenho raiva de ter feito dezoito anos sabendo que nunca mais verei você.

Quero dizer que te amo com todo o meu coração. Que me arrependo de cada vez que deixei de falar contigo. Eu estava cega. Primeiro pela raiva. E, depois, pela vergonha. Por favor, me perdoe. Por favor, permaneça ao meu lado. Por favor, não me abandone de novo, onde quer que você esteja. Eu jamais vou me esquecer de você.

Não mostrei para ninguém. É muito pessoal. É muito doloroso. Na verdade, não vi ninguém mostrar aos colegas o que escreveu.

Quinze minutos depois, Dona Júlia passa entre as mesas conferindo. Estamos prontos. Vamos para o pátio. Paramos embaixo do ipê amarelo florido. Lá está um cilindro grande no canto.

— Façam uma fila indiana e venham aqui, um por um.

Com cuidado, ela enche as bexigas com gás hélio, dando um nó em cada ponta. Nos sentamos em círculo. Como um bando de crianças pequenas. Ela pega seu violão e começa a tocar *Aquarela*, do Toquinho. Sem cantar. Trabalhamos essa música em uma das suas primeiras aulas... Então, fazemos a nossa parte e cantamos a letra. Devagar e tímidos no começo. Conforme as vozes vão aumentando, quase sem perceber, surgem risos e choros...

E o futuro é uma astronave
Que tentamos pilotar
Não tem tempo, nem piedade
Nem tem hora de chegar
Sem pedir licença, muda a nossa vida
E depois convida a rir ou chorar...

Soltamos as bexigas sem perceber... E seguimos com a vida que é possível viver.

27.

Meus dias se tornaram uma sequência indistinta de acorda, respira, chora, estuda, chora, almoça, estuda, chora, janta, chora, dorme. Estudo com uma obsessão infinita para mascarar a dor que me consome a cada vez que deixo a minha mente pensar. Eu me sinto consumir pela tristeza e pela raiva, mas não posso. Tenho um objetivo, que, mais do que nunca, não posso abandonar. Por Talita. E para me vingar *dele*. Eu não posso deixá-*lo* fazer o que quiser comigo. Talita ficaria arrasada! Preciso conseguir estudar. Mesmo com dor, mesmo com culpa, mesmo chorando sobre as páginas. Eu vou conseguir. E vou esfregar na cara *dele* e de uns e outros por aqui.

E olha que ficou mais difícil do que antes, pois estou sozinha... Benedita foi embora. Ela conheceu Flora lá na faculdade. Foi um romance ligeiro e pegou todo mundo aqui em casa de surpresa! Especialmente mamãe. A bicha ficou brava de verdade com tudo... mas Benedita não arredou o pé. Certa, ela.

Flora é legal. E danada. Conseguiu vencer rapidinho o muro que Benedita construiu em volta de si mesma e de Maria. Com certeza, a forma como ela trata Maria foi fundamental. Benedita sabe que uma criança só tem a ganhar quando tem mais amor. E Flora ama Maria. Dá para perceber no jeito como ela olha para a minha sobrinha enquanto as duas brincam de boneca com a Jurubeba.

As três acabaram se mudando e estão morando no cantinho delas. Sinto falta de Benedita, mas sinto mais falta ainda de Maria. A casa ficava mais animada com a pirralha... e o trabalho sem fim que ela dá me ajudava a esquecer a dor de perder Talita.

Antes de elas irem embora, dei a Jurubeba de presente para Maria. Pode não ser uma boneca nova, mas tem um valor sem igual para mim. A única boneca Barbie de verdade que ganhei na vida. Mentira. Eu ganhei outra boneca Barbie. Mas ela já chegou para mim herdada de outras duas meninas. Isso não foi um problema. Bastou dar um banho de creme no cabelo dela e fazer uma roupinha de retalho: estava nova. O problema é que as donas antigas eram meio brutas. Gabriela não tinha nem os braços e nem as pernas. Isso tornava as nossas brincadeiras meio limitadas. Ela só podia brincar de dormir... Eu a colocava dentro da fronha do travesseiro. Só os seus longos cabelos de fora, com seu belo rosto. Me divertia. Mas não fazia muito sucesso com as minhas amigas. Só Talita entendia o espírito da coisa. A boneca dela era sempre a doutora que cuida de pacientes internados em coma. Então Isabela e Gabriela se davam muito bem.

Como eu a amava por isso! Minha doce Talita...

Um dia ganhei um concurso na escola, e o meu desenho foi usado pela diretoria na campanha de reciclagem. Meu pai ficou tão feliz que prometeu comprar uma boneca nova para mim. Mesmo não sendo nem meu aniversário, nem Natal. Mesmo não tendo dinheiro para isso. Ele com certeza pegou emprestado com alguém. Às vezes, a gente dá sorte na vida.

Me lembro como se fosse hoje do dia em que a ganhei.

Fiquei feito idiota dentro do barraco, no maior alvoroço, esperando-o chegar com a boneca. Mas como ficar alvoroçada em três cômodos? Me conformei e fiquei imóvel e catatônica em frente à televisão. Quando chegou, corri até seus braços e arranquei a caixa das suas mãos. Antes de dar três passos, já tinha rasgado o papel. E, antes de dar o quarto passo, eu já estava chorando.

Eu só queria uma Barbie igual à de todo mundo. Para me sentir como todo mundo. Para brincar como todo mundo. Ou seja: eu queria uma Barbie loira, de cabelo liso, de preferência de vestido de baile.

Mas não.

Em meus braços havia uma Barbie de cabelo roxo fluorescente, cacheada, vestindo um macacão de couro preto e com uma echarpe de sete cores no pescoço.

Papai não entendeu nada. Achou que ia arrasar e eu estava aos prantos. Ele se ajoelhou ao meu lado.

— Minha filha, o que houve?

— Minha... boneca...

— Sim, querida. Sua boneca. O que houve?

— Ela... está... errada...

— O que está errado, amor?

— Os cabelos! Eu *queria ela* normal — consegui dizer.

Meu pai congelou. Me olhou sério. Sentou-se no chão — ele sabia que agora ia demorar... Me puxou com calma para o colo dele. Ficamos assim uns quinze minutos. No meio do barraco. A família em suspenso. Meus irmãos acompanhavam o drama com curiosidade. Eu havia falado da boneca o dia todo. Então, de certa forma, eles estavam ansiosos também. Só não sei se estavam ansiosos para me zoar ou para me consolar. Quando me acalmei e parei de chorar, meu pai olhou para mim com mais doçura do que o seu habitual e disse:

— Minha filha, que cor é o seu cabelo?

— Castanho-escuro, quase preto, pai.

— E do resto da família?

— Da mesma cor, ué.

— Que é...

— Castanho-escuro, pai.

— E o meu cabelo, como ele é?

— De coroa, pai. Tu estás careca de saber.

— Sim, filha. Eu estou. Só mais uma pergunta: Quantas pessoas loiras de cabelo liso você conhece?

Me pegou. O danado.

— Só a família da Maria José.

— Então, meu bem. O normal não é ser loira de cabelo liso.

E se levantou.

Fiquei olhando a boneca com o papel meio rasgado nos meus braços. E decidi: *Está certo, pai. A vida dela será o maior rock'n'roll.*

Assim nasceu Jurubeba.

Espero que Maria saiba levá-la para dançar.

28.

MINHA BELA,

VOCÊ É DANADA.
QUALQUER UMA TERIA DESISTIDO.
MAS VOCÊ, NÃO!
VOCÊ ME INSTIGA.
ME PROVOCA.
ME MANTÉM AGUÇADO.
E FALA.
ESSA É A PARTE QUE EU NÃO ESTAVA ESPERANDO. ME PEGOU DE SURPRESA.
VOCÊ FALA DEMAIS. PARA TODO MUNDO.
VOCÊ NÃO FALA DE MIM DIRETAMENTE, MAS FALA DO QUE VÊ QUE EU FAÇO.
E FALA SOBRE COMO VOCÊ QUER ESCAPAR DISSO TUDO.
E FICA ASSIM, CHEIA DE IDEIAS...
E O QUE É PIOR, ENCHE OS OUTROS DE IDEIAS!
EU ESTOU ATÉ PENSANDO QUE VOCÊ ESTÁ COMEÇANDO A ACREDITAR QUE VAI SE LIVRAR DE MIM, DE TANTO QUE VOCÊ FALA NISSO.
VOU DAR UM JEITO DE ACABAR COM A SUA VOZ.
DEPOIS, NÃO RECLAME.
VOCÊ ME PROVOCOU.

SEMPRE SEU.

29.

Um pouco depois da Semana Santa, recebemos a notícia que eu já tinha esquecido que teria que enfrentar. A doutora ligou. Chegou a minha vez na fila da cirurgia.

Ela explicou com calma para o meu pai:

— Janaína não vai colocar a prótese, pai. Ninguém vai aceitar operar uma menina dessa idade... Ela tem que aguentar a dor... Quando colocar a prótese, ela só dura dez anos, e daí tem que trocar de novo. Mas o corpo só aguenta duas trocas. Daí não tem mais o que fazer e Janaína terá que usar a cadeira de rodas.

Oi?

Começo a fazer as contas. Se eu aguentar a dor por mais quinze anos — quando terei quase o dobro da minha vida —, para então colocar a primeira prótese aos trinta e tantos, com sessenta anos eu não ando mais? É isso?

Cara, agora você exagerou. Até para um encosto de mau agouro, esta foi foda.

— Pode ser que apareça alguma novidade na medicina nesse tempo. As pessoas estão estudando.

Quem sabe? Minha nova oração:

Senhor, me ajude a não ficar aleijada.

Faça alguém muito inteligente e que este alguém encontre uma solução.

Faça alguém muito altruísta e que este alguém pague a solução para mim.

Eu preciso de um milagre.

De um par de muletas.

De alguma coisa para quebrar com raiva contra a parede.

De um pai de santo muito forte, para dar um jeito de tirar esse encosto abusado de perto de mim.

— Não entendi, doutora. Então a menina vai operar o quê?

Meu pai parece inconformado. Menos do que eu, pois afinal ele ainda consegue falar. Eu estou tão em choque, que emudeci.

— Eu vou fazer dois procedimentos na mesma cirurgia. Com muito cuidado, vou sugar os pedaços de cartilagem que estão soltos e causam a dor aguda. Tem que ser feito bem devagar, para não bater no que ainda está bom. Depois vou colocar no joelho dela um cimento ósseo especial para tentar simular a cartilagem e diminuir a dor.

— Janaína é uma criança, doutora.

— Sim, pai. Eu sei. Ela é muito nova para ter essa doença. Muito nova para fazer essa cirurgia. Mas a idade vai ajudá-la a se recuperar.

Eu não entendi nada do que a doutora pretende fazer no meu corpo decrépito. Mas, se vai diminuir as agulhas enfiadas no meu joelho de defunto, eu topo. Serão só vinte e quatro horas no hospital. Difícil vai ser depois. Três semanas na cama. Eu dou conta. Só preciso fazer uma preparação básica pré-cirurgia, para conseguir aguentar os dias deitada com outra atividade além de ver TV.

Na escola temos uma biblioteca improvisada numa sala perto da diretoria. A própria Dona Zilu é a bibliotecária. São muitos livros. Clássicos e modernos. O Ministério da Educação manda os exemplares para todas as escolas, pelo que ela me explicou. Dei sorte: chegou uma remessa de livros novos duas semanas antes da minha cirurgia. Gosto do cheiro de livro novo. Gosto de ser a primeira pessoa a acariciar as suas páginas e desvendar seus segredos. Tudo bobagem. Mas eu gosto. Devo ser boba mesmo.

Converso com a Dona Zilu e explico sobre a cirurgia. Até porque vou faltar quase um mês... Nem sei se volto a tempo para a festa de São João. Minhas amigas vão levar para mim os assuntos das aulas lá no apartamento e eu vou estudar como der. Não estou preocupada com isso. O que eu quero mesmo são os livros, para ler enquanto o negócio estiver feio. Dona Zilu me enche de perguntas sobre o meu joelho e a cirurgia... e no final, autoriza que eu pegue cinco livros e fique com eles por dois meses. Perfeito! Agora terei companhia quando formos só eu, meu joelho de velho, meu encosto e a dor em cima de uma cama.

30.

Chego ao Hospital da Restauração numa ansiedade que só vendo. E ela não melhora muito com a visão dos corredores lotados de macas, com o povo amontoado num calor do cão, esperando atendimento. Pense na luta que foi para a doutora conseguir essa vaga para mim. Estou deitada numa maca bem quietinha, aguardando me levarem para o quarto. Do lado de dentro. E sei que tem uma galera esperando por essa mesma maca. Do lado de fora. Puta... Desculpa. Terei que ficar aqui pelo menos por vinte e quatro horas. Daí libero espaço para alguém. Aguentem aí. Ai, meu Deus... Espero que ninguém morra por minha causa.

Fico revoltada. Mas depois me acalmo.

Eu me lembro de Dona Júlia explicando... Algumas coisas são tão óbvias, que nem paramos para pensar que elas já podem ter sido diferentes. Sua voz ecoa na minha mente:

— Quando seus pais nasceram, o sistema público de saúde prestava assistência apenas aos trabalhadores que estivessem vinculados à Previdência Social, ou seja, que tinham um emprego formal. Vamos lá, gente: Quantos trabalhadores vocês conhecem sem carteira assinada?

— Nossa, dona! Uma multidão. Lá em casa ninguém tem.

— Fichado, só o meu pai. Minha mãe vende lá no camelódromo...

— Por que a senhora não pergunta ao contrário, dona? É mais fácil responder quem tem...

— Certo, eu já esperava por isso. Agora olhem só. Só aqueles com carteira assinada tinham acesso aos serviços hospitalares. Os outros cidadãos só tinham atendimento nas entidades filantrópicas. Eram chamados de "indigentes".

— Legal, dona. Éramos o país dos indigentes!

— Sim, Pedro. Éramos. Cerca de setenta por cento de indigentes. Era um Deus nos acuda se você fizesse parte da maioria.

— E o que acontecia, então, quando ficava doente, assim, de verdade?

— O óbvio, Aninha. Gente morrendo por tudo quanto é lado.

Eu fiquei só ouvindo e imaginando as situações. A filha do coronel chegou atropelada ao pronto-socorro, os amigos dela estão bêbados e não sabem onde está o número do INPS[14] dela. Resultado: morte por impossibilidade de atendimento. Alvoroço nacional. O filho do favelado cuja mãe vende sacolé na praia chega ao pronto-socorro com uma crise de meningite, não tem número de INPS e não tem como pagar o atendimento, é claro. Resultado: morte por impossibilidade de atendimento. Indiferença nacional. Só mais um indigente.

Mentira.

Não somos um povo tão ruim assim.

— Então, meninos, era tanto escândalo de gente morrendo, que os militares baixaram uma lei muito específica que salvou um bocado de pessoas: Chegou urgência a um pronto-socorro? Tem que ser atendida; a pessoa tem direito a atendimento por quarenta e oito horas. Mesmo que não tenha o número do INPS. Então, depois veio a Constituição e o direito de saúde para todos. Ouviram bem? Isso quer dizer muita coisa. Ter acesso à saúde pública e gratuita é um direito seu. É um direito do seu vizinho, do seu amigo, do colega viciado em crack que não frequenta mais a escola, do filho do dono da Rede Globo e do mendigo que mora embaixo da ponte.

Dona Júlia tem razão. Agora todo mundo pode ser atendido no hospital. Mas acontece que basta atravessar a porta para ver com clareza que outros problemas surgiram. Devem brotar como baratas na tampa do bueiro... Mesmo que você mate uma de cada vez, outra sempre aparece para ocupar o seu lugar.

14 Instituto Nacional da Previdência Social.

31.

Olho para o quarto com as macas e cadeiras amontoadas. Tem mais três pessoas alojadas nele, além de mim... Duas estavam fora fazendo qualquer procedimento; a terceira, uma senhora cheia de ataduras na altura do peito, dorme pesado. Menos mal. Não estou a fim de conversa.

Troco de roupa no meio do quarto e coloco a camisola ridícula do hospital. Ridícula, mas fácil de pôr. Muito pior foi colocar a touca. Ridícula e difícil de pôr. Vai tentar prender a minha coroa de cachos dentro de uma redinha para tu ver o que é ter trabalho! Tenho que prender o cabelo todinho com alguns elásticos e grampos para conseguir pôr a desgramada. Seguro o choro e o pensamento. Esta seria a hora de a minha mãe estar comigo. Ela fingiu que não tomou nem conhecimento da cirurgia. Me deixou vir sozinha com o meu pai, sem nem um beijo de boa sorte. Ela está cada vez pior. Se eu morrer hoje, espero que ela morra também. De remorso.

Olho no espelho e não me reconheço. Esse ser praticamente sem cabelo não sou eu. Pense numa coisa feia e nervosa.

Vou tomar a tal da anestesia geral. Vou apagar. E se eu não voltar? E se eu voltar, mas voltar meio lesa para sempre?

Meu pai segura a minha mão com tanta força que sei que a cabeça dele está cheia de minhoca também. Mas ele não fala nada. Por ele, eu não faria a cirurgia. Foi Antônio José quem o convenceu. Meu pai morre de medo de hospital e não confia em médicos. Ficou assim desde que o irmão mais velho dele morreu, esperando um atendimento de emergência para apendicite, lá em Arcoverde.

Tio João estava trabalhando e começou a sentir uma dor do cão na barriga. Foi para casa ficar deitado um bocadinho para ver se passava. Passou não. Começou foi uma febre. A mulher dele, tia Rosa, foi com ele no postinho de saúde. Disseram que devia ser uma virose, mandaram tomar Buscopan® e Paracetamol®, e ele voltou para casa. A dor só aumentando, mas a febre diminuiu um pouco. Como ele não parava de gemer, tia Rosa resolveu levá-lo ao hospital direto, sem pedir a bênção para postinho nenhum. Chegando lá, foi a mesma história do posto. Ela ficou brava. Tia Rosa veio do interior da Paraíba, perto de Patos. Pense numa mulher braba. E pense num doce de leite gostoso que ela faz na lata de tinta e na fogueira no chão.

A brabeza de tia Rosa rendeu primeiro uma maca improvisada. Depois, um atendimento médico. Por fim, um diagnóstico de apêndice supurado e uma cirurgia às pressas. Mas não deu. Já tinha estourado tudo. A infecção tomou conta e a morte levou tio João. Meu pai ficou arrasado e furioso. E tia Rosa esvaziou como um balão.

Vou pensando nisso enquanto o povo me leva para a sala de cirurgia, deitada na maca e agarrando com força o lençol que me cobre. O anestesista põe um troço na minha cara e fala: "Conte até cinco".

Não cheguei nem no dois.

Depois que a cirurgia acabou, lutei para sair da anestesia. Talita esteve o tempo todo do meu lado. Ela brilhava em várias cores, como um arco-íris. Fiquei tão feliz! Tentei falar com ela, mas minha Talita abria a boca e não tinha voz. Então eu disse: "Faz força! Grita!". Ela se concentrou e começou a gritar. E da sua boca brotou um vermelho vivo, como se ela cuspisse uma flor. E depois a flor começou a esguichar sangue, encharcando a roupa dela e a minha.

Acordei gritando e chorando. Foi horrível. Será que um dia eu vou superar? Será que um dia eu vou me perdoar?

As enfermeiras não entenderam nada. E também não estavam muito preocupadas em entender. Me perguntaram se era dor da cirurgia; quando eu disse que não, foram embora sem dar a mínima, afirmando que poderia ser efeito colateral da medicação. Estou tomando uns remédios superfortes para segurar a dor. Não tem nem no SUS, nem na farmácia popular. Graças a Deus a doutora me deu amostras grátis. Grátis para mim, né? Mas alguém está pagando por isso, porque eu nunca vi laboratório fazer nada de graça. Empresário é igual a político. Pode até dizer que é de graça, mas uma hora chega a conta para alguém pagar. Pode ser em dinheiro, em favor, em rabo preso, em bico fechado. Depende da modalidade do bem adquirido e do fornecedor. Espero que a conta não chegue para a doutora. Ela é muito boazinha. Só está querendo ajudar. Não devia ter que pagar para laboratório, não.

Como esperado, em vinte e quatro horas tive alta. Mesmo que a dor esteja consumindo meu juízo, agora o negócio é entre mim, ela e os remédios. Uma batalha que eu posso travar do meu quarto, derretendo nos lençóis.

Cheguei em casa carregada pelo meu pai, no colo, como uma criança. Para ele, foi fácil. Sou pequena como dois sacos de cimento. Tranquilo.

Foi só chegar, que a tranquilidade acabou. Crônica de uma morte anunciada. A lava eclodiu. Mas, mesmo assim, pega a gente de surpresa.

Minha mãe finalmente foi embora.

Eu não queria que ela fosse. Mas sabia que um dia chegaríamos a isso. Acho que no começo ela até se segurava, pelos três filhos. Era demais. Ia rolar um peso na consciência e tal. Mas agora, com todo mundo crescido, está obvio que ela ligou o foda-se. Acho que o casamento de Benedita com Flora foi a gota d'água. Lógico que a minha mãe tinha que ser ignorante, não é? Deu aquele chilique básico. Mas, como ninguém ouviu, ficou só no chilique mesmo... até ela vazar daqui.

Segundo a vizinha de porta, minha mãe saiu de casa logo depois que eu me internei para a cirurgia. Foi só com a roupa do corpo. E não voltou mais.

Meu pai ficou desesperado. Foi falar primeiro com a polícia. Levou foto e descrição dela. Depois, com o pessoal do CRAS, que conhece todo mundo e principalmente as bocadas. O medo dele era que o corpo dela aparecesse por aí largado em algum terreno baldio. Ou desaparecesse em um desses sumidouros de porcos e jacarés. Acontece de tudo aqui no bairro.

Da minha parte, fiquei triste. Fiquei mesmo. Por mais que minha mãe soubesse ser chata, por mais que passasse seus dias sem falar com ninguém, por mais que a maldade às vezes a dominasse e ela ficasse fazendo uns bicos para ajudar o peste, ela é a minha mãe. A única que eu tenho. Está escrito lá na minha certidão. E, quando me deixa assim, me dá a sensação de que ela não me ama. Sensação, não. Certeza. Ela me abandonou. Se nem a minha mãe me ama, quem vai me amar?

Certo, Talita. Eu sei que tu me ama.

Mas tu morreste, lembra?

Preciso do amor de alguém vivo.

***

Chorei dois dias. Depois, desisti de chorar. Minha mãe não ia gostar do desperdício. E eu fico muito feia com os olhos inchados. Além disso, tenho mais com o que me preocupar. *Ele* se lembrou de mim de novo. O danado do meu encosto só pode estar querendo dobrar a meta de maldade da repartição.

Meus joelhos estão parecendo duas bolas de boliche. Enormes e escuros. A médica me avisou que ia inchar. E que eu tenho que fazer muita compressa com gelo. O que ela não me disse é que ia doer tanto. E nem que ia sair esse pus fedido pelos meus pontos.

Meu pai ligou para ela e tentou explicar. A doutora é boazinha, deixou o contato dela com ele. Ela mandou meu pai enrolar uma toalha com as mãos e passar o rolo nas minhas pernas, do pé em direção ao joelho, empurrando o pus interno até ele sair pelos pontos. É uma coisa gostosa de sentir. Bonita de ver. E cheirosa.

Mas o mais preocupante é que não está melhorando.

Depois de três dias com febre, delirando no colchão manchado de pus, papai me leva de volta ao hospital. Alguma coisa está errada, errada de verdade. A doutora me manda fazer um monte de exames. Mas a resposta é óbvia até para mim. Meu corpo está recusando o tal cimento que ela injetou aqui dentro.

— Não vai ter jeito, Janaína. Vamos ter que abrir de novo. Só que agora vai ser mais arriscado, porque está tudo infeccionado aí dentro. Você terá que ficar internada por pelo menos uma semana em observação, e depois quase uns dois meses sem andar, nem com muletas. Teremos que arrumar uma cadeira de rodas para você usar. Você deu muito azar, minha menina. Os casos de recusa do corpo ao cimento são de um a cada mil operados. Eu sinto muito.

Nem consigo ouvir o que ela explica para o meu pai, tamanha a dor no meu peito. Eu vou perder o mês de junho todo de aula! Se der sorte, em agosto volto para a escola. Na cadeira de rodas. Um farrapo daquilo que já fui.

Você realmente me odeia, seu peste! Não foi o suficiente tudo aquilo que já levou? Se eu disser que desisto de me libertar de tudo, você para com toda essa maldade e me devolve pelo menos o direito de andar?

Ele é tão maior e mais forte do que eu.

A quem estou querendo enganar?

Fui internada no mesmo dia.

Refazemos todos os passos da preparação.

Me deixo adormecer pelo anestesista, pensando se não seria melhor não mais acordar.

32.

Volto para casa em profunda depressão.

A dor pós-cirurgia é excruciante.

Quando começo a melhorar, tem início a outra parte da tortura: a recuperação.

Parece que estou constantemente lutando. Lutando para voltar a andar. Lutando para voltar a conviver com a dor eterna. Lutando para entender que a cirurgia representa um paliativo, e não a cura mágica que eu esperava. Lutando para recuperar a minha rotina de estudo. Mas o mais difícil é cumprir a promessa que fiz de não me deixar dominar outra vez pela raiva. Sinto raiva de muita coisa. Encheria várias páginas aqui só contando. Então vou me ater às TOP 3. Só as medalhistas.

Sinto muita raiva de mamãe. De ela ter ido embora e me abandonado. Ela foi egoísta e mesquinha. Eu preciso de uma mãe. E daí que eu tenho dezoito anos?

Sinto raiva de Talita. De ela ter morrido de forma tão idiota. De ela ter morrido sem a gente ter se visto uma última vez. Eu sei que ela não teve culpa. Mas sinto raiva mesmo assim. Ela não tinha nada que ir àquele encontro de jovens na igreja. Deveria ter ido passar a tarde no shopping ou qualquer coisa do tipo, bem imbecil. Qualquer alternativa que fosse o oposto do que o pai dela gostaria que ela fizesse.

Sinto raiva do meu nascimento. De a pessoa ser tão tabacuda, que resolveu nascer numa sexta-feira 13 e atrair todo o azar do mundo para si mesma. Encosto de mau agouro miserável! Quanto tu ainda vais tirar de mim? Não está bom, não? Me deixa em paz e vai agourar outro. Já paguei meu preço ao destino.

Agora, uma menção honrosa: sinto raiva desta cadeira, que me lembra o tempo inteiro de quem manda na porra toda. *Ele*. Não eu. Eu continuo me iludindo de que tenho alguma chance por pura obstinação. Mas *ele* esfrega a verdade na minha cara a cada vez que empurro as rodas para mudar de lugar. Já estou quase entregando os pontos para o *coisa ruim* e desistindo desse monte de sonho idiota.

Tenho até dó do meu pai, que é em quem eu descarrego isso tudo. Não tenho sido uma pessoa muito agradável de conviver... Assumi o café da manhã assim que consegui me arrastar com a cadeira pela casa, para fazer a ele o mínimo de companhia. Papai come a mesma coisa sempre. Café preto, tapioca com margarina e um ovo cozido. Isso nas vacas gordas, que não sabemos quanto tempo vão durar sem o dinheiro que mamãe botava em casa.... Pelo menos papai só precisa sustentar a mim, agora que Antônio e Benedita já estão fora de casa e cuidando das próprias vidas... Eu, pelo caminho em que estou, darei despesa por muito tempo... A pessoa não consegue nem andar, quanto mais trabalhar. Meu pai não reclama, é claro, mas vejo em seus olhos a preocupação... Como faremos?

Todos os dias são iguais. Tomamos o café no escuro e em silêncio, enquanto o sol nasce devagar. Então meu pai vai embora. Erguer paredes de casas onde ele nunca vai morar. Casas que têm tantos cômodos que em uma delas cabia todas as famílias aqui do terceiro e do quarto andar. Não me incomodo que uns tenham tanto. Eles se deram bem. O que me incomoda é que outros tenham tão pouco. Se eu fosse rica e ganhasse dez mil reais por mês, não me incomodaria de ganhar nove mil e deixar que uma família parasse de passar fome com os mil reais de que abdiquei. Me parece justo. A vida tem mais supérfluos do que imaginamos. Mas acontece que nos apegamos demasiadamente a eles.

33.

Depois de seis longas semanas, finalmente pude sair de casa e voltar para a escola, no começo de agosto. Mas acontece que não é tão simples assim descer e subir três andares da nossa casa com a cadeira. Só existe uma solução possível. Papai me carrega por cima de um ombro, como se eu fosse um saco de cimento... No outro, leva a cadeira dobrada. Por isso agora tenho que fazer como ele: sair e voltar com o sol.

Como conheço Seu Jeremias desde muito pequena, ele permite que eu entre e fique esperando até a escola de fato abrir, às sete. Papai me deixa no corredor da sala, presa na cadeira.

Aproveito para ler um dos romances novos que peguei na biblioteca, já que tenho pelo menos meia hora antes de o povo começar a chegar. Santa biblioteca da escola que me salvou nas semanas em casa! Não tive paciência para estudar. Os remédios dão muito sono... Eu me perdia no meio das letras e tinha que começar de novo o tempo todo. Mas literatura é diferente. Não tem problema se a gente ler só três ou quatro páginas entre um cochilo e outro.

Depois da aula, almoço uma marmita fria e fico esperando a tarde toda no pátio. Meu tempo está passando. Faltam menos de três meses. Me obrigo a estudar do jeito que dá, mesmo sob essas condições adversas. Nessas horas sinto muita falta de Talita... e fico a imaginar ela aqui sentada ao meu lado, brincando com as canetas.

"Onde está tu, Talita? Já reencarnaste ou continua no céu? Deixa o teu pai saber que eu torço para que tu reencarne. Vai querer tirar o diabo do meu corpo."

É sério. Ela bem que podia reencarnar. Como filha de Antônio José. Ou como minha filha, mesmo. Daria tudo para estar com ela de novo. Ia ser tão bom! E ela ia gostar da nossa família. Pelo menos é muito melhor que a dela. Na minha casa é permitido pensar.

Eu morri de vergonha nos primeiros dias de aula, especialmente porque todo mundo queria saber o que estava acontecendo com a menina na cadeira de rodas. Então fechei a cara e a galera passou a me deixar em paz. Passada a primeira fase de curiosidade mórbida, a cadeira assusta as pessoas, na verdade. Ou elas sentem pena de mim, e por isso se afastam, ou sentem repulsa, como se eu fosse contaminá--las com o dom de deixar de andar.

Foi assim com todo mundo. Menos com Bernardo. Ele veio falar comigo com um passo decidido, mesmo que eu tenha lançado um olhar de desprezo absoluto assim que ele chegou perto o suficiente para ver a expressão em meus olhos.

— Oi! Você é a Janaína, né? Acho que sim, porque Dona Júlia me mandou procurar a menina na cadeira de rodas e eu não vi outra, só você.

— Sim, sou eu. Você é muito inteligente, estou admirada. O que quer comigo?

— Eu sou o Bernardo. Estou no primeiro ano. Pois é... Eu queria saber se você poderia me emprestar um livro que Dona Júlia te deu. Ela disse que você não se importaria, desde que eu cuidasse bem e o devolvesse.

— Você quer emprestado o meu *O poder do mito*? Tem certeza disso?

— Tenho. E aí? Rola ou não rola?

Meu primeiro pensamento foi: *chegue um pouco mais perto para eu poder atropelar você com a cadeira.*

Mas me contive, ainda que a contragosto.

Eu literalmente morro de ciúme desse livro. Temos uma relação muito especial de autoconhecimento. Só que não adianta eu estrebuchar... O fato é que não posso negar nada à Dona Júlia... E, depois, foi ela que me deu o livro, então ela manda nele, né? Na verdade, ela não me deu assim de graça... Eu ganhei um miniconcurso que ela organizou entre as salas. Tenho certeza de que Dona Júlia, sabida do jeito que é, fez o concurso para que eu ganhasse. Um jeito de me dar sem me dar, entende? Tive que escrever um texto de pensamento — filosófico — sobre como as palavras podem mudar a sua vida. É óbvio que ela sabe que meu sonho é encontrar a minha voz. Então, era óbvio que eu ia ganhar. Fiquei radiante. Mas também fiquei muito triste. Poucos alunos mandaram seus textos. Meus colegas andam com preguiça de pensar... mais ainda de escrever. Deve ser culpa do celular, que eles não largam um segundo. Ou da vida de gado que a gente leva aqui, que não larga a gente um segundo.

Quando, para continuar vivendo, você precisa estar o tempo todo se esquecendo do que vive, do que vê e do que sente, fica difícil pensar. Vida de gado. Eu entendo. Juro que eu entendo. Quantas vezes quis me refugiar na ausência de pensamento... e simplesmente esquecer que fazemos parte dos invisíveis...

Nós somos a massa da população brasileira. Aquela cujos pais são analfabetos — totais ou funcionais. Que mora numa casa onde pelo menos da metade da parede está no reboco. Que todo mês se despede de um amigo vítima de bala perdida. Que sempre perdeu pelo menos um membro da família para o tráfico e outro para a cadeia. Que frequentemente passa fome, pois precisa vender o almoço para comprar a janta. Que se aperta no ônibus ou no metrô quase duas horas por dia para chegar ao trabalho que paga um salário-mínimo por mês.

Isso se você for do time que tem alguma sorte.

A maioria vive dos bicos e dos trampos informais que encontra no meio do caminho. Ontem não teve, hoje tem, amanhã quem vai saber? Acho que nem Deus... Somos tantos, que até Ele desconhece...

Acontece que quem não é gado, não nos vê.

Eles veem a sua casa arrumada e limpa todo dia. O banheiro do seu trabalho bem cheiroso, onde retocam a maquiagem. A comida gostosa no restaurante de oitenta reais o prato. A roupa bem-cortada, que valoriza o seu corpo.

Tudo isso somos nós.

Gado invisível.

Eu me recuso.

Eu não serei gado.

Eu vou pensar. E, com isso, eu vou escrever. E, ao escrever, eu terei voz. E, ao ter voz, não serei mais invisível. E quando eu me tornar visível, quantos de nós conseguirei trazer comigo?

O poder do mito me ajuda a ter a força de que preciso para ficar nesse caminho. Ainda que eu entenda muito pouco sobre tudo o que está escrito lá, algumas coisas são tão claras como o sol.

"Siga a sua bem-aventurança, lá onde há um profundo sentido do seu ser, lá onde seu corpo e sua alma querem ir."[15]

Ele é o meu amuleto da sorte.

Não teve jeito. Tive que emprestar o livro a Bernardo, mesmo a contragosto.

Agora quase todo dia ele me procura para conversarmos sobre o livro. Não é muito difícil me encontrar... No começo, eu me irritei. Ele tem tantas dúvidas! Mas rapidamente gostei de ter alguém com quem

---

15 *O poder do mito*, por Joseph Campbell, Ed. Palas Athena.

conversar sobre filosofia... e Bernardo sempre quer saber o que eu penso sobre esse ou aquele trecho.

Bernardo, como eu, quer conquistar o mundo através do estudo. Ele quer fazer Filosofia. Está mais ousado do que eu. Eu quero poder falar. Ele quer poder pensar. É tão obstinado o menino que, quando estou com dor a ponto de não conseguir ir à escola, ele me manda uma cartinha com o que quer me perguntar...

Aos poucos, passou a ser esse o nosso jeito de conversar. Bernardo deixa uma cartinha na entrada da escola, embaixo da pedra solta que fica junto da portaria de Seu Jeremias. Eu deixo lá a resposta. E Seu Jeremias toma conta de tudo para que nenhum aventureiro pegue a nossa correspondência. Ele já sabe, é claro.

Certo dia, a carta era um poema do livro fotocopiado. E uma frase escrita cuidadosamente à mão.

Assim, pelos olhos, o amor atinge o coração:
Pois os olhos são os espiões do coração.
E vão investigando
O que agradaria a este possuir.
E quando entram em pleno acordo
E, firmes, os três em um só se harmonizam,
Nesse instante nasce o amor perfeito, nasce
Daquilo que os olhos tornaram bem-vindo ao coração.
O amor não pode nascer nem ter início senão
Por esse movimento originado do pendor natural.
Pela graça e o comando
Dos três, e do prazer deles,
Nasce o amor, cuja clara esperança
Segue dando conforto aos seus amigos.
Pois, como sabem todos os amantes
Verdadeiros, o amor é bondade perfeita,
Oriunda — ninguém duvida — do coração e dos olhos.
Os olhos o fazem florescer; o coração o amadurece.
— Amor, fruto da semente pelos três plantada.

Giraut de Bornelh
(Circa 1138 – 12?)

Desde o primeiro dia, não consigo deixar de olhar você.
Bernardo

Meu pai, você terá que se conformar.
Neste ano eu vou me formar no Ensino Médio.
Neste ano eu vou passar na faculdade.
E neste ano eu vou começar a namorar.

34.

— Você só pode estar mentindo para mim, Bernardo.

— Juro que não estou, Jana. Parece que já são três meses de salários atrasados... A diretora passou hoje nas salas avisando para ninguém perder a viagem indo à escola amanhã.

— Eu não acredito! Mal voltei e a escola entrou em greve! Ai, meu Deus... Estou ferrada.

— Jana, tenta manter a calma. Surtar de ansiedade só vai ajudar a sua autoestima a cair e te afastar do teu sonho.

Controlo o meu pânico. Bernardo tem razão. Não vou deixar isso me dominar. Eu já sei que é *ele* mexendo os pauzinhos para me destruir de novo. Mas, agora, eu sou grande. Imensa como o mar. Quando *ele* me tirou Talita, me tirou tudo. Desejei morrer, de verdade. Mas não morri. Por amor a ela, eu me reergui a partir do nada que sobrou. E foi aí que *ele* errou. Me subestimou. Pior: subestimou o amor, que é uma arma que *ele* não compreende. *Ele* não imaginou que agora eu viria maior e mais forte, pois não tenho mais nada a perder.

Tenho os livros da escola. Então, não estou sozinha. Montei um plano completo de estudo em casa. Benedita vem aos sábados para tirar as minhas dúvidas. E todos os dias, mais uma vez, recorro às sabedorias de Dona Júlia. Antes de começar a estudar, me concentro em Mandela. Vimos na escola um filme no qual ele conta que este foi o poema que manteve seu coração em paz quando estava encarcerado numa prisão maior que a minha.

Invictus

Dentro da noite que me rodeia
Negra como um poço de lado a lado
Agradeço aos Deuses que existem
por minha alma indomável

Sob as garras cruéis das circunstâncias

eu não tremo e nem me desespero.
Sob os duros golpes do acaso
Minha cabeça sangra, mas continua erguida

Mais além deste lugar de lágrimas e ira,
Jazem os horrores da sombra.
Mas a ameaça dos anos,
Me encontra e me encontrará, sem medo.

Não importa quão estreito o portão
Quão repleta de castigo a sentença,
Eu sou o senhor de meu destino
Eu sou o capitão de minha alma.

Willian Ernest Henley

Leio em voz alta e firme.
E, assim, engrandeço.
Eu sinto muito, peste: você não vai me ganhar.

— O que acha, filha? Não é uma boa ideia? Eu tenho uma semana entre uma empreitada e outra. E vai te fazer bem um tempo num lugar diferente, mesmo que a gente tenha que levar junto essa cadeira.

Como estou sem aula mesmo, e ainda me recuperando da cirurgia do joelho, meu pai resolveu me dar um presente. Meu querido pai. Como ele tem se esforçado para me agradar... Vamos passar uns dias com minha avó Anita e meu avô Inácio. Só eu e ele, que somos tudo o que sobrou da família. Faz tempo que Antônio vive pelo mundo, num viajar sem fim com o povo da capoeira, fazendo apresentação de roda em tudo quanto é canto. Ele passa em casa uns dias por mês, só para deixar a cesta básica com papai e se vangloriar do que anda conhecendo deste mundo que é o Brasil. Eu escuto com uma pontada de inveja. Primeiro porque queria conhecer os lugares sobre os quais Antônio conta. Segundo porque queria ter joelhos fortes como os dele, para poder ficar de pé e jogar capoeira, nem que fosse só por cinco minutos. Mas não posso fazer nem uma coisa, nem a outra, então aceito de bom grado a proposta de papai.

Meus avós hoje estão bem de vida. Moram no Agreste, numa cidade chamada Belo Jardim, trabalhando como caseiros no sítio de uma senhora. Eles nos visitam uma vez por ano. Mas eu nunca fui à casa deles, então não entendi a excitação com a qual meu pai esperou pela nossa viagem, até entrarmos no metrô. Na chegada do metrô, freando com todo aquele barulho e metal, comecei a compreender. Vamos viver uma aventura.

Belo Jardim é bem mais fria que Recife; quase igual à cidade de Gravatá. Dá para dormir de colcha grossa de rede e tudo mais. Principalmente lá no sítio de Dona Zezé, que fica bem no alto da serra, olhando para os morros do Agreste, com a casa rodeada de flores e pés de fruta. Verde e céu. Pense em uma mistura bonita! E tome passarinhos, borboletas e pequenos insetos para enfeitar. Acho que, sem perceber, eu cruzei um portal e entrei em outro universo. Ele é colorido, cheiroso e encantado. É possível isso?

Vovó está realizada com a nossa visita e não para de falar um minuto, mesmo envolvida com a lida da casa. Quando chega a noite é que ela conta história mesmo. Ficamos embaixo das mangueiras, eu e meu pai deitados na mesma rede, olhando a lua e ouvindo. Ela conta que a terra é tão quente que parece que o fogo sai de dentro dela, queimando a sola dos pés. Que no auge da seca as plantas já nascem mortas. Que os peixes nascem sabendo nadar na lama, e não na água. Que as cobras sabem voar rente ao chão para não queimar o corpo na areia. Que o céu à noite é tão estrelado que dá para ver outras galáxias, tantas que os homens da ciência nem imaginam que existem. No açude que tinha por perto ela nunca entrou, não, com medo das almas dos afogados que moram dentro dele. Mas gostava de olhar de fora aquela imensidão de água, refletindo o céu. Quando a ouço falando, sinto que vó Anita ama o sertão, mesmo que ele a tenha feito sofrer até os ossos. Ela diz que traz o sertão nas entranhas, grudado feito puxa-puxa nos dentes.

No terceiro dia eu já tenho meus dois temas favoritos: as comidas e as assombrações. O sertão é uma secura sem fim, onde pouca coisa sobrevive. Especialmente se você pensar em bicho e planta. Para comer alguma proteína, eram meses fazendo render um bode magro e as tilápias com gosto do lodo do açude.

Tilápia não tem mistério nenhum. Cozinha na água ou assa na brasa, e depois come tudo de uma vez. Não deixa nada para trás. Especialmente os olhos. Melhor tesouro do mundo para quem não quer ficar cego nesta vida.

O bode exige amor e intimidade. Não é para qualquer um, não. Do bode os sertanejos aprenderam a comer tudo, até o bucho. Temperado com pimentão, limão, coentro, colorau e pimenta. Lavado no vinagre muitas vezes para diminuir o cheiro forte da carne das tripas e miúdos. Pense numa iguaria! Tudo picado e refogado, servido dentro de travesseiros de bucho cozido. Parece ruim para você? Ruim é comer sopa de sola de chinela, como minha avó já teve que fazer para enganar a fome e sobreviver mais um dia.

Quando o bode e o peixe acabavam, era feijão com farinha mesmo. E mais para frente, se a chuva realmente não viesse naquele ano, só farinha com água, farinha com rapadura, farinha com sopa de raiz de jenipapo...

Sem a chuva minguada de todo ano, a terra esturrica. Nada cresce. Só a fome e a morte. Se nada cresce, não tem emprego. Sem emprego, não tem dinheiro. Sem dinheiro, não tem comida. E aí começa a desgraceira... Minha avó perdeu os três irmãos para a seca. Dos três, dois não tinham nome. Eram "o menino". Quem é doido de dar nome para um filho que não sabe se vai vingar? Por isso só se ganhava um nome depois dos dois anos. Antes, era desperdício.

— Mas eu nunca vi as almas dos irmãos, num sabe? Eu vejo a dos outros, aqueles que estão por aí, mas eu não sei quem são. Meus irmãos devem estar entre este mundo e os outros, num paraíso especial destinado às crianças que morreram sem nome...

Minha avó enxerga as coisas. Pelo menos é o que ela diz. Todo sertanejo é amigo das almas. Todo sertanejo sabe que neste mundo existe mais coisa do que nós, os viventes encarnados.

— Para de contar essas coisas para a menina, minha mãe! – intervém meu pai. — A senhora não vê que ela fica impressionada? Se eu, que sou burro velho, morro de medo, imagina ela...

Mas vovó rebate:

— Homem, não tem do que ter medo. Os desencarnados não podem te fazer mal. Alma é só alma. Tu tens que ter medo é dos homens de carne. E da falta de água.

A seca e a fome levaram o pai da minha vó e os três irmãos homens dela. Ficaram só ela e minha bisavó. Depois, só ela. Então minha vó conheceu vovô e foi embora correndo, antes que a seca o levasse também.

Fez muito bem.

35.

Dois dias antes de partirmos, Dona Zezé chegou ao sítio. Ela é uma avozinha de quase noventa anos que parece ter setenta. Do tipo que dá vontade de pôr no colo. Ela anda seis quilômetros por dia. Costura e borda, sem óculos, enxovais para recém-nascidos. Não perde uma sessão espírita do centro. É uma feiticeira das plantas... Coloca qualquer semente em um vaso e conversa com ela até que já esteja grande o suficiente para ir morar no chão.

Eu gostei da Dona Zezé. Logo que a conheci, vi, pelo jeito como me olhou, que ela sabia sobre *ele*. Tenho certeza. Percebeu meu encosto junto de mim, mas não disse nada. Passou a mão no meu cabelo e me deu um beijo delicado na testa. Será que ela vê o encosto de todo mundo? Se sim, vai ter que dar muito beijo por aí. A minha preocupação com *ele* e com o que *ele* pode fazer na minha vida tem me consumido.

O peste acha que sou boba, só porque tem sido discreto nos últimos tempos e me deu alguma trégua das maldades que vinham hoje sim, amanhã também. Mas eu não baixo a guarda. Eu *o* ouço respirar o tempo todo junto de mim. Baixinho, bem no pé do meu ouvido. E às vezes, *ele* sussurra coisas para eu ouvir. Coisas terríveis. O jeito de eu afastar *ele* de mim é começar a rir bem alto. De gargalhada mesmo. *Ele* não gosta da alegria, porque ela não orna com mau agouro. Então, *ele* vai embora atanazar outro vivente. E me deixa um pouco em paz. Ufa! Gosto de ouvir o que os outros falam. Não as besteiras *dele*.

Na manhã do dia em que íamos embora, eu estou na varanda, sentada no chão mesmo, a cadeira de rodas largada ao meu lado, meus dedos pretos de tirar as cascas queimadas das castanhas-de-caju que tinham sido assadas na lata em fogo lento no chão. Desculpe se você nunca comeu assim. É a melhor castanha do mundo. O cheiro, o gosto, a oleosidade na boca. Tudo perfeito. E irreprodutível.

Discreta como um gato, Dona Zezé se senta ao meu lado, em uma cadeira de balanço. Fica em silêncio uns cinco minutos, só me olhando com as castanhas. Eu em silêncio também. Duas fingidas.

Então, ela pergunta:

— Como anda a vida, Janaína?

— Está boa, Dona Zezé. Boa como dá para ser.

— Fico feliz. Mas me conte: *Ele* tem te deixado em paz?

Respiro fundo. Chegou a hora de encarar as verdades que carrego em mim.

— Até que sim... O peste deve estar cansado depois de tudo que *ele* me fez.... — Faço uma pausa bruta na frase. Não quero entrar em detalhes... Ainda dói muito. No entanto, obviamente, é inevitável.

— Mas... — Dona Zezé me instiga a continuar.

— Mas... morro de medo *dele*, Dona Zezé. Medo da hora em que *ele* vai lembrar de mim e de me trazer os acumulados todos de uma vez! Às vezes deixo de fazer algo com medo de que *ele* atrapalhe...

...ou de que ele machuque alguém próximo a mim, como fez com Talita — completo a frase em silêncio na minha cabeça. Eu que não vou acusar alguém em voz alta sem ter provas. Mesmo que seja um encosto.

Ela me olha muito séria, por sobre os óculos. Eu sustento seu olhar.

— Janaína, vou te dizer uma coisa importante. O segredo é enfrentar o danado de frente. Não *o* deixe paralisar você. Não *o* provoque, mas converse com *ele*. Dê a *ele* um nome e alguma atenção. Depois, coloque-*o* no devido lugar.

Dona Zezé pega seu livro e recomeça a ler, enquanto eu a olho boquiaberta e em silêncio. Depois de uns dez minutos, ela se levanta e sai da varanda, não sem antes me dizer:

— Sua doce amiga te mandou um beijo e disse que torce muito por você. Mandou você parar de maltratar seu namorado, que ele é muito bonzinho e não merece.

Talita, sua peste. Eu sabia que tinha um dedo seu nessa conversa. Estava demorando para você se meter na história do meu encosto! E, quanto ao Bernardo, deixa comigo... Estou fazendo testes, tratando-o mal para ver se ele não me abandona como minha mãe fez. Ele precisa dar uma sofridinha para provar que me ama. Está certo... É muito cruel quando digo isso. Vou aceitar o presente que o universo me deu e parar de maltratar o bichinho. Como sempre, você está com a razão, Talita. Eu confesso.

Volto para casa mais focada ainda em estudar. Quando fico cansada demais, fecho os olhos e converso um pouco com Talita. Ou simplesmente olho para seus olhos tristes dentro dos meus. Tenho que conseguir. Por mim, por ela, por Maria, por Madalena. Por todas as meninas e meninos da comunidade que se perderam no meio do caminho. Por aqueles que ainda vão nascer.

UFPE: me aguarde.

Quanto a você, meu maldito encosto de mau agouro, fique bem longe de mim! Não se coloque no meu caminho. Você já me tirou tudo o que eu tinha e que de fato importava. E me deixou com o saco cheio de você. Já que preciso canalizar a minha ira para algum lugar, dessa vez escolho você como vítima.

36.

Onofre.

Esse é teu nome. Eu que te dei. Gostou? Só para você não dizer que eu nunca te dei nada.

Você caminha ao meu lado há mais de dezoito anos.

Agora chega.

Eu não quero ouvir você.

Eu não quero ver você.

Eu não quero falar com você, ou de você.

Vá dar uma volta por aí. De preferência, em outro país.

Já sei. Por que você não tira umas longas férias com seu amigo, o coisa ruim?

Não quero entrar numa batalha contigo, não.

Nós dois vamos perder.

Nem quero ser grossa.

Então, agora, estou pedindo com educação: dá um tempo e vai embora.

Não vou mais deixar de sonhar porque estou preocupada com o que você pode fazer.

Vou cada vez te fazer menor.

E um dia tu vais morrer, porque eu não terei mais medo.

E, neste dia, prometo te dar um enterro decente.

Mas não prometo chorar por ti.

Não mais sua.

37.

O retorno às aulas aconteceu em outubro.

Dois grandes eventos juntos: a volta à escola e a minha primeira eleição. Pelo menos para mim, são grandes eventos. Eu sei que tem muita gente que vai por obrigação e que não liga nem para uma coisa, nem para a outra. Mas eu estou excitadíssima.

Faz tempo que procuro um caminho para a minha voz. Eu sei que vou encontrar uma maneira de deixar de ser gado silencioso. Mas também sei que não adianta nada falar sozinha. É preciso tanto dar voz a outro quanto emprestar a voz de outros... Vejo a eleição como uma forma de escolher quem vai falar por mim. Quem vai falar o que eu diria. Deve ser por isso que voto é secreto. Para a gente não precisar ficar contando por aí quem fala por nós. Mas quem me conhece de verdade, não tem a menor dúvida sobre as minhas escolhas.

Agora, vou confessar uma coisa: estou achando muito difícil votar, porque não entendo direito o papel de cada um nesse negócio chamado "governo": a diferença entre vereador, deputado e senador, por exemplo. O que o governador faz que o prefeito não pode fazer? Por que o presidente não manda em todo mundo? Esses tais de *entes* federados.... Mais confuso ainda são os três poderes... Devíamos ter uma aula especial na escola para explicar essa zona toda.

Eu estava tão ansiosa e preocupada com a eleição que fui procurar Dona Júlia assim que as aulas voltaram. Eu e Bernardo, é claro, afinal, o que exige mais pensamento do que uma eleição? Também estava me angustiando o fato de meus colegas ainda não quererem votar. Muitos não têm dezoito anos. Não é obrigatório votar, então alguns têm outros planos para o domingo. Eles não entendem... Votar é um direito. Durante muitos anos, pessoas como nós não votavam. Muitos morreram para que isso mudasse. Votar é ter voz. Depois, é entender que a sua voz às vezes não é a da maioria. E tudo bem. Democracia é isso. Às vezes, você ganha. Às vezes, você perde. Mas todos ganhamos quando respeitamos o voto do outro.

Dona Júlia como sempre foi um amor. E olha que atrapalhamos os poucos vinte minutos que ela tem de intervalo.

— Eu tinha certeza de que vocês dois iam vir com esse assunto. Já estava esperando. Mas é informação demais para um intervalo. Me escrevam uma lista de perguntas e eu as respondo por escrito. Depois deixo com o Jeremias. Olhem que vocês deram sorte de vir hoje! A minha licença começa na semana que vem. Agora, por favor, me prometam que não vão brigar com ninguém por causa de política!

— Está difícil, Dona Júlia. As pessoas estão muito nervosas.

— Eu sei, Bernardo.

— Eu estou até triste de tanto que o povo está brigando.

— Não fique, Jana. Somos uma democracia nova. Já sofremos com todo tipo de ditadura. A democracia é um aprendizado eterno. Quando as pessoas estão brigando e discutindo por conta de eleição e política, estão apreendendo. É muito melhor do que a indiferença em relação ao tema. Ou a apatia. Precisamos aprender para crescer como país. Nem que seja discutindo. Mas conseguir conversar sem discutir é ainda melhor. Vocês dois têm uma cabeça boa para isso. Agora, deixem eu terminar o meu lanche antes do sinal, que este zebedeu aqui está com fome.

38.

Mal consegui dormir esta noite. Outro piriri brabo. A madrugada toda me revezando do colchão para o trono. Um medo do cão de que tudo se repita... É hoje o dia do Enem. Finalmente. Não aguentava mais esperar. Não adianta, não fui feita para ter calma. Me dá um rebuliço por dentro, uma batedeira de coração que parece que tudo vai descambar. Já fico assim com coisas simples, imagine com a prova que vai definir a minha vida! E como fica a pessoa com crise de ansiedade, inquieta e agitada, e sem conseguir andar? Ela endoida. E olhe que eu me livrei da cadeira. Faz quase um mês que estou de muletas. Beeeemmmm melhor. Nunca na minha vida imaginei que eu ia ficar feliz um dia por usar muletas. Tudo é ponto de vista. E depende de quão afundado na merda você está.

Meu pai, cansado de me ver vivendo em agonia, veio com seus ensinamentos. Me mandou olhar pela janela. Demorei para ver, mas lá no alto tinha um passarinho. Aquele do bico fino que bate as asas com muita rapidez. Beija-flor. Eu às vezes vejo um no jardim no posto de saúde. A natureza é só poesia. O beija-flor estava parado no fio. Sua cabeça pequena se movendo de um lado ao outro com calma.

— Se até o beija-flor para e contempla pacientemente a paisagem, você também será capaz de esperar, minha filha.

Papai pode ser quase analfabeto. Mas é poeta.

Arrumei minhas coisas umas vinte vezes. Meu RG[16]. Uma caneta esferográfica preta. O número de inscrição. O local da prova. O dinheiro da passagem. O horário do ônibus.

Saí de casa três horas antes da abertura dos portões, para não correr nenhum risco. Eu não posso bobear. Eu tenho Onofre. Tá certo que dei um chega para lá nele, mas vai que o peste toma coragem de descontar? O trajeto num dia normal demora quarenta minutos. Meu pai veio comigo para o caso de algum imprevisto e para me ajudar a chegar à sala da prova. Eu não posso correr... e ando muito devagar com as muletas. Deus me livre ser daquele povo que chega com o portão fechando e só resta chorar.

---

16 Registro Geral.

Enquanto o ônibus sacoleja no caminho, respiro. Inspiro... devagar. Deixo o ar entrar aos poucos e profundamente. É preciso aprender na vida. Sempre. Tudo. Inclusive aprender a respirar. A gente sabe no começo. Depois esquece e fica respirando curtinho e rapidinho: nada de encher a barriga de ar; se contenta com o começo do peito. E esse é um grande erro. Em se tratando de ar, quanto mais, melhor. Inspire. Devagar. E observe como tudo parece ficar mais fácil. Especialmente os problemas. O ar afasta o pânico. O ar oxigena as linhas cerebrais, aumentando a qualidade do nosso poder de decisão. Eu, com certeza, vou precisar de superpoderes decisórios hoje para direcionar meus chutes.

Saio da prova exausta, depois das quatro horas de concentração. Estou me arrastando pelo corredor com as muletas quando levo um susto ao ver Bernardo me esperando no portão da escola onde fiz a prova. Ele abre um sorriso largo, que ilumina o seu rosto... mas eu não consigo retribuir. Estou insegura... Acho que fui bem, mas não sei se será o suficiente. Bernardo me abraça com força. Me deixo ficar em seu ombro até que o cansaço e o medo se tornem lágrimas e de alguma forma escapem de dentro de mim. Ele simplesmente me espera acabar. Quando paro de fungar em seu ombro, ele sussurra ao meu ouvido:

— Minha querida, não desanime. Você fez o seu melhor. Você chegou mais longe do que outros chegariam no seu lugar. Vamos esperar com esperança... Não deixe que a sua autoestima caia agora. Eu acredito em você. Você acredita?

Querido Bernardo... Ele tem razão. Quando minha autoestima cai, eu me lembro de que tenho medo. E, quando eu tenho medo, *ele* se aproxima de mim. E começa a soprar de novo no meu ouvido aquelas besteiras todas. É nessas horas que eu desabo. Me sinto um cocô. Ou pior: a mosca do cocô. Quem nunca se sentiu assim? Como se não fosse capaz de fazer nada? Como se nem ao menos tivesse o direito de tentar? Porque tudo dá sempre errado, mesmo. Porque meu lugar é este aqui, mesmo. Porque eu não sou capaz, mesmo.

Não sou diferente de ninguém. Mas tenho mais trabalho, porque preciso vencer não só as minhas limitações pessoais, mas também aquelas que me foram dadas pelo meu nascimento... Acontece que a minha terra não é uma só para todo mundo que nasce nela, não. Somos todos filhos da pátria mãe gentil, é verdade. Mas tem a gentileza que ela dá para nós e a que ela dá para os outros. Que outros? Aqueles que nasceram livres do encosto.

Todos iguais. Todos diferentes. Do meu lado do barco, somos todos unidos pela mesma sina. Nascidos na mesma desgraceira, sob o mesmo sol da liberdade. Agora, se eu tivesse nascido no Hospital Albert Einstein, crescido em condomínio, frequentado escola particular... as minhas limitações para chegar aonde eu quero seriam bem menores. Porque seriam só as que trago dentro de mim.

Mas não adianta reclamar. Nasci onde nasci. Na periferia. No morro. Na beira do rio. No calor sem ar-condicionado. No almoço sem carne. No colchão no chão. No banho gelado.

Nada vai mudar isso. É passado. O passado é imutável. Agora, o futuro ainda será escrito. Vai saber o que nos reservará?

São quase dois meses para sair o resultado oficial, com a nota da redação... e logo depois, vai abrir o Sisu. Tudo isso só no início de janeiro.

Preciso relaxar e aguardar.

E rezar para que o peste tenha entendido que não vou mais aceitá-lo do meu lado. Nunca mais.

39.

— Janaína Brasil.

Me levanto com cuidado. Fiz questão de deixar as muletas em casa. Não combina com a beca alugada, nem com a sensação de poder que sinto hoje.

Meus amigos gritam e assobiam. Todo mundo sabe como foi difícil para mim chegar aqui. Especialmente agora, no final. Outros teriam desistido. Mas eu, não. Descobri a força sobre-humana que existe em mim. Ela fica em um poço que jamais seca. Talita o mantém abastecido, nem que seja preciso enchê-lo com lágrimas.

Fraquejo um pouco ao chegar perto da mesa da oradora. Dona Júlia se levanta para me ajudar. Ela está de licença-maternidade, mas todos sabíamos que nossa professora daria um jeitinho de estar na colação de grau. Olho nos seus olhos e vejo amor. Controlo o choro. Vamos juntas até a diretora. Cumprimento meus professores um por um, e pego o canudo.

Me formei no Ensino Médio.

Vou até o local onde estão papai, Benedita, Flora, Maria, Antônio José e Bernardo. Sou recebida com uma chuva de abraços e beijos. Minha mãe não tomou nem conhecimento — para isso, a gente tinha que saber onde ela está. Me dói muito, mas o que posso fazer?

Meu pai está que não se aguenta. Duas filhas com Ensino Médio completo. Filhas dele, que mal sabe escrever o próprio nome e não lê um bilhete simples de duas linhas.

— É um milagre.

Ele repete pela enésima vez.

E chora. Pela trigésima vez.

Olho para as demais famílias agrupadas no pátio da escola e sou obrigada a concordar com meu pai. É um milagre.

Vinte anos atrás, a cena que vejo agora seria impossível. Tantos de nós somos filhos de pais analfabetos... Muitos pais nunca nem frequentaram uma escola. E agora, nós estamos aqui, com o diploma nas mãos.

Sim, o nosso ensino teve muitos defeitos. Muitos, mesmo. Provavelmente só aprendemos cerca de quarenta por cento do currículo escolar. Isso em relação aos que aprenderam muito. Mas é demasiadamente melhor do que o que aconteceu com nossos pais, que não aprenderam nada.

Nossas vidas serão outras. Não estamos limitados e de braços amarrados em relação ao futuro como estiveram nossos pais. Temos as ferramentas para romper as barreiras e almejar mais. Muito mais.

Fico me perguntando: que quantidade maravilhosa de sonhos foi distribuída nesta noite?

Eu e Bernardo passamos dois meses de ansiedade, calor e romance. Já que ninguém está tendo aula mesmo, aproveitamos para fazer uns cupcakes para vender e ganhar algum dinheiro. Ficou uma delícia de gostoso. Parece que herdei algo do dom de minha mãe.... Eu cozinho e ele vende, que eu não tenho condição de ficar com as minhas muletas num sobe e desce por aí. Depois de conseguir vender, aqui no bairro mesmo e por duas semanas, toda a produção, resolvemos viver uma aventura: vender na praia de Boa Viagem! Temos o dinheiro da passagem, e Bernardo me confessou, assim meio sem jeito, que nunca viu o mar. Bobo ele de ter vergonha disso! Eu também nunca vi... Só bem de longe, naquele carnaval que pulei em Olinda com Madalena.

O triste é que não estamos sozinhos nessa realidade. A maioria dos meus amigos nunca foi à praia. No máximo, uma vez ao ano... Meu pai tentava nos levar em todo Natal, mas minha mãe nunca concordava, sempre com o mesmo discurso: "A passagem de ônibus está muito cara, quase o preço de um saco pequeno de feijão! Não dá para desperdiçar batendo perna por aí". Pior que ela tinha razão. Faça a passagem vezes cinco, ida e volta...

Com dezoito e dezesseis anos, fomos pela primeira vez à praia, mais velhos do que alguns brasileiros vão pela primeira vez à Disney...

Fiquei embasbacada.

Aquela imensidão azul e verde que faz você se sentir ao mesmo tempo insignificante e completo. O sol refletindo nas águas em dourado tão forte e estalado, que mal dá para abrir os olhos. Então você os fecha. E é nessa hora, no escuro, que você percebe o som. Forte como uma expiração com muita força. Eu amei o som do mar. E a ausência dele quando afundo a minha cabeça na água e o mundo todo fica em silêncio.

Foi amor à primeira vista. Imortal como o tempo. Posso reencarnar mil vezes e esse amor ainda existirá. O mar é irresistível. Mesmo que seja o mar de Boa Viagem, que a gente tem que dividir com um monte de gente, com o lixo e, é claro, com o tubarão. Ele, sim, manda na porra toda.

40.

Entro no sistema com as mãos tremendo.

Minha nota do Enem saiu.

Fiz 649 pontos. Foi bom. Mas não foi aquele escândalo que ia me deixar supersegura de entrar. Mas, se eu olhar para o ano que vivi, foi uma nota e tanto.

Acesso agora o Sisu. O site cai umas mil vezes, o que me deixa mais irritada e mais ansiosa. Porcaria de conexão. Estou usando os computadores que a escola deixou disponíveis para nós. Deve ter mais uns dez alunos aqui na sala. Todos ansiosos como eu.

A diretora nos explicou que é pelo Sisu vamos colocar a nota do Enem e tentar uma vaga na UFPE. Ou em qualquer faculdade federal do Brasil. Não sei como isso pode acontecer. Parece mágica. Eu coloco meu nome e número de inscrição, e escolho o curso. Primeira, segunda e terceira opções. Isso que é luxo! Marco com orgulho e expectativa: Jornalismo, Letras e Filosofia. Na UFPE, na UFPB[17] e na UFRN[18]. O tal Sisu faz o resto todo sozinho. Só tenho que ficar esperando. E controlar meus nervos. O sistema pega a minha nota, coloca nos cursos, compara essa nota com a de outros candidatos e vai me avisando se estou dentro dos aprovados ou não.

Milhares de jovens estão entregando agora seus destinos a esse código. Não é belo? Quantos deles nunca pensaram ser possível sonhar em cursar uma faculdade? De uma coisa, eu sei. Algo mudou. Os entraves foram retirados. Prestar vestibular não é mais exclusividade da classe média e alta. Agora é um direito de todo brasileiro.

O Sisu roda a sua dança. Pelo Brasil todo. Cento e trinta e três universidades. Mas, apesar das três opções para mim, só serve se for a UFPE. Tenho meu pai. Não posso abandoná-lo também. Mentira. Meu pai está careca de saber que uma hora eu vou sair de casa. Até já demorei demais. Eu não quero é abandonar Bernardo.

Parece que esse negócio de amor vicia.

---

17 Universidade Federal da Paraíba.

18 Universidade Federal do Rio Grande do Norte.

Espero por três longos dias.

Talita não saiu do meu lado. Segurando a minha mão. Ela sabe que eu não conseguiria sozinha.

No quarto dia, abro o sistema, com expectativa. Uma mensagem brilha na tela:

Você foi aprovado para o curso de Jornalismo diurno da UFPE. Imprima esta mensagem e compareça ao local indicado para fazer a matrícula com os documentos solicitados, no dia 20 de janeiro, das 9h às 17h.

Toda a minha riqueza.

Todos os meus sonhos.

Todo o meu futuro.

Num pequeno pedaço de papel.

Guardo-o cuidadosamente com aquele outro papel, onde começou a minha história.

Expansão.

Uma inspiração profunda.

Pronto.

Nasci.

EPÍLOGO

Preparei o caixão com todo o cuidado. Forrei-o com tecido vermelho. Coloquei flores e cartas. As cartas registram os momentos em que ele levou a melhor. Comigo e com os meus.

Ele merece um enterro decente. Não fomos amigos. Fomos o contrário disso. Mas eu tenho humanidade. E cumpro as minhas promessas.

Escrevi o nome dele com capricho, junto com o seu epitáfio.

Onofre José da Silva e Sousa Brasil
1997 – 2015
Tentou quantas vezes foi possível. Mas, no final, foi derrotado.
Não deixará saudades.

Adeus, meu encosto.

Que você não reencarne.

Que você entenda que não vale a pena o seu esforço.

Por mais que você se esforce, eu sempre serei maior. Então, você sempre sairá derrotado. E não te sobrará nada.

Te deixo com todas as minhas dores e lembranças ruins.

Você me tirou muito. Mas eu recoloquei em dobro no lugar.

Sim, você me levou Talita. Mas eu a mantenho comigo de uma forma que você jamais entenderá. Ela está aqui agora, enquanto cavo a sua cova. Na Praça da Paz. Simbólico, não é?

Não quero seu mal. Não quero mais brigar com você. Quero que descanse em paz.

Juntos, eu, Bernardo e Talita cavamos três buracos. Um para Onofre, um para Talita e outro para a cápsula do tempo. Todos entre os ipês da praça, próximos ao miniteatro de Arena. A prefeitura do campus autorizou.

É um belo domingo de sol e o céu em Barão Geraldo está azul, como só em maio é possível ser.

Começamos por Onofre. Agora sei exatamente onde ele está. E não é mais tentando controlar a minha vida. Depois, Talita. Deposito com carinho a sua caixa. Nela há uma cópia do nosso último retrato e uma cópia de *Descarrego*. Escolhi um ipê rosa para crescer ao seu lado. Está em extinção, sabia? Assim como corações feito o dela. A caixa fica bem no fundo, para não atrapalhar as raízes. O ipê precisará de espaço para crescer e florescer. Depois, colocamos terra adubada e, por fim, a pequena muda. Plantada com todo o amor. E lágrimas.

Ainda dói.

Ainda sinto saudades.

Ainda sinto culpa.

Mas ela me ajuda a carregar tudo isso dentro de mim.

No terceiro buraco, coloco a cápsula do tempo. Várias fotos de todos aqueles que importaram, além do meu livro e de uma carta. Essa é especial. Mandei pelo correio também, para o endereço oficial do site. Mas duvido que consiga chegar até as mãos dele. Se chegar, espero que ele leia. Bernardo diz que sou louca. Que só uma pessoa sem juízo perde tempo escrevendo para o presidente.

Eu discordo.

Deve ser muito sozinho o lugar que ele ocupa. Aposto que vai gostar de uma companhia, nem que seja por escrito.

Enterramos tudo e colocamos a plaquinha:

Cápsula do tempo. Será aberta em 30 de maio de 2040.

Aniversário do meu pai. Ele vai gostar.

Existem outras cápsulas espalhadas pela praça. Os alunos da Unicamp[19] gostam da brincadeira. Mas não sei se existem outros encostos e afins enterrados como Onofre, sem uma lápide visível.

Caminhamos até em casa pensando sobre onde estaremos daqui a vinte anos. Quem vai saber? Meu mestrado termina em seis meses. Quero tentar o sanduíche[20] para o doutorado. Talvez na Espanha. Eu sonho alto agora. Quero comer tapas em Sevilha e aprender a dançar flamenco.

---

19 Universidade Estadual de Campinas.

20 "O doutorado sanduíche é conhecido por ser a principal oportunidade, para alunos de doutorado, de cursar parte dos estudos fora do país. Esse programa consiste em disponibilizar bolsas de estudos em universidades fora do Brasil que tenham convênio com o programa de bolsas." (http://www.anpg.org.br/23/01/2019/doutorado-sanduiche-o--que-e-e-como-funciona/). Chama-se "sanduíche" porque o aluno inicia os estudos no Brasil, parte para o exterior e depois volta para concluir seu doutorado no Brasil.

CARTA AO PRESIDENTE DO BRASIL

Você acabou de ganhar a eleição para presidente do Brasil.

Em dois meses, subirá a rampa do Palácio do Planalto.

O povo estará nas ruas, te vendo.

O seu povo.

Aquele que votou em você. Este sempre dá um jeitinho de estar na posse.

Você se sentirá amado e poderoso.

Será o dia mais emocionante da sua vida.

Você entrará na sala presidencial.

Os sofás de couro.

A bandeira nacional.

As obras de arte.

A vista maravilhosa da Praça dos Três Poderes. Lotada de gente.

Gente rindo, cantando, fazendo festa.

Você se sentará, então, pela primeira vez, na cadeira de couro, atrás da mesa.

A cadeira do Presidente.

E é aí que você se compromete.

É aí que eu entrego a você o meu presente e o meu futuro. Meu, dos meus, dos nossos. Da minha pátria amada.

E aí estaremos juntos para sempre.

Quem sou eu?

Sou um filho da nossa pátria mãe gentil. Qualquer um deles. E todos eles.

Quando eu te entrego a minha terra, você precisa me prometer várias coisas.

Prometer e se comprometer.

Entre mim e você. Ninguém precisa saber.

Você se compromete em proteger a minha terra?

Ela também é sua.

Que você a protegerá de outros países, caso haja uma guerra, eu não tenho dúvidas.

Mas é mais do que isso.

Você promete proteger a minha terra da exploração exagerada em nome do progresso e da riqueza?

Promete proteger a minha terra da morte dos rios e açudes, da secura e do empobrecimento do solo, da redução das florestas e matas, do assassinato dos animais que nela habitam?

A minha terra é a base onde eu cresci, onde finquei as minhas raízes.

Ela me segura, me alimenta, me dá identidade.

Ela me faz a Maria e o João do Brasil.

Ela me faz cidadão brasileiro.

Quando eu te entregar a minha pátria, você se compromete a entender como ela é feita?

A minha pátria é feita de todos.

Nós somos muitos.

E somos diversos.

Eu sou o moderninho que mora na cidade grande e cosmopolita, o empresário de atuação internacional, a professora do bairro, o matuto da cidade pequena, o homem do campo, o cortador de cana, o ribeirinho, o indígena, o quilombola. Branco, preto, pardo, amarelo. Mulheres e homens. Crianças, jovens, adultos e velhos.

A nossa diversidade é a nossa marca como povo.

Junto à nossa alegria e cortesia.

Para eu me manter alegre e pulsante, comprometa-se a proteger a minha cultura.

A cultura me dá voz.

Eu preciso falar e cantar.

Minhas festas. Minha música. Minha arte. Minha forma de me expressar em todos os sentidos.

Ainda que às vezes eu me expresse criticando você.

Eu preciso que você respeite a minha opinião.

E a minha religião.

Nunca seremos uma coisa só.

Sempre seremos várias.

Todas pregando o amor, a bondade, a verdade, a lealdade. Cada uma do seu jeito.

Somos o Brasil de todos os Santos, e não de um santo só.

Quando eu te entregar a minha pátria, você se compromete a nos dar saúde e educação como prioridade no seu governo?

Porque preciso crescer. Saudável.

Preciso das minhas vacinas e dos meus remédios.

Preciso ter vaga no hospital quando eu ficar doente.

Preciso que haja quem cuide dos meus pais. A saúde deles é frágil. E eles já estão cansados da luta desta vida.

Preciso ir à escola todo dia.

Preciso aprender letras, números e histórias.

Preciso acreditar que eu posso estudar da creche à pós-graduação.

Preciso acreditar que meu futuro não tem limites.

Preciso aprender a pensar.

Preciso aprender a falar o que penso.

Entenda: quanto mais voz eu tiver, melhor será a vista da sua cadeira.

Eu preciso sonhar.

Quanto maiores os meus sonhos, mais longe iremos juntos.

Quando o dia de amanhã começar, você descobrirá que tem muito menos dinheiro no orçamento do que pensa.

E talvez esqueça o que me prometeu hoje.

Você descobrirá que tem muitos compromissos e que as horas do dia são poucas.

Você se sentirá previamente cansado.

Perceberá o tamanho do esforço necessário, e que todo o seu esforço ainda é pouco.

Essa cadeira pesa. É claro que pesa. Tem mais de 209 milhões de pessoas apoiadas nela.

Você precisará de amor para aguentar o seu cargo.

E de paciência.

Mas não se esqueça de que eu estou de olho.

Eu te entreguei a minha pátria.

Não se esqueça de nenhum de nós.

Não se esqueça de tudo com o que você se comprometeu.

Mantenha a sua alma fiel ao seu amor por esta terra e seu povo.

Terra adorada.

Vigiarei seus passos em amor a ela.

E segurarei sua mão quando for preciso.